KB262791

벼락처럼 산다!

벼락처럼 산다! 5

박민 장편 소설

초판 1쇄 찍은 날 § 2013년 11월 19일
초판 1쇄 펴낸 날 § 2013년 11월 25일

지은이 § 박민
펴낸이 § 서경석

편집부장 § 권태완
편집책임 § 어정원

펴낸곳 § 도서출판 청어람
등록번호 § 제1081-1-89호
등록일자 § 1999. 5. 31
어람번호 § 제1-1712호

주소 § 경기도 부천시 원미구 심곡2동 163-2 서경B/D 3F (우) 420-822
전화 § 032-656-4452 팩스 § 032-656-4453
http://www.chungeoram.com
E-mail § chungeorambook@daum.net

ISBN 978-89-251-3566-3 04810
ISBN 978-89-251-3051-4 (set)

FUSION FANTASTIC STORY

박민 장편 소설

5

[완결]

벼락처럼 산다!

박민 장편 소설

CONTENTS

Chapter 1 반년 만의 만남 7

Chapter 2 홍콩행 비행기 33

Chapter 3 불야성 65

Chapter 4 홍콩의 어둠 93

Chapter 5 폴라리스 125

Chapter 6 먹구름이 끼다 151

Chapter 7 유인, 덫 177

Chapter 8 어둠에 충성하는 자 201

Chapter 9 결전의 서막 227

Chapter 10 하늘을 찢다 257

Chapter 11 귀환 285

제1장
반년 만의 만남

　태민의 얼굴이 굳었다. 지금껏 매니저의 음모를 당하면서도 한 번도 보여준 적 없던 희라의 울음 섞인 목소리였다.

　수화기 너머에서 대체 그녀가 어떤 표정을 하고 있는지 태민은 알 수가 없었다.

　"그게 무슨 말입니까. 희라 씨? 말 좀 해봐요."

　대답이 들려오지 않았다.

　태민은 혀를 차고 시간을 확인했다.

　"지금 숙소에 있죠? 그쪽으로 가겠습니다. 앞에 가서 전화할게요. 한 시간은 걸릴 겁니다."

대답을 듣지 않고 전화를 끊었다.

초조한 마음으로 태민은 차를 내달렸다.

인천공항에서 페스타의 숙소까지는 거리가 제법 있었다. 그나마 시간이 늦어 다니는 차가 없다 보니 한 시간 내외로 도착했다.

"오랜만이군, 이곳도."

거의 반년 만에 오는 페스타의 숙소.

강남 굴지의 부자 아파트 단지로 불리는 곳이니만큼 심야지만 곳곳에 가로등이 불빛을 밝히고 있었다.

태민은 입구에 차를 세웠다. 아무나 들어갈 수도 없고, 입구 경비원의 허락을 받아야 한다.

심야다 보니 입구 경비원도 의자에 앉은 채 꾸벅꾸벅 졸고 있었다.

"안녕하십니까."

태민이 인사를 하자 벌떡 고개를 든 그가 허겁지겁 의자에서 일어섰다.

그러다 태민의 얼굴을 보고는 표정이 묘해졌다.

"어라, 자네? 오랜만이구만!"

"기억해 주시니 감사합니다. 오랜만입니다."

"요새 TV에도 나오고, 아주 유명해졌더라고! 주간 경비원이 새로 왔는데, 내가 자네하고 아는 사이라니까 전혀 믿지를 않는 거야. 온 김에 사진 좀 찍고 가게."

경비원이 손짓을 하여 경비실 안으로 불러들였다.

태민은 쑥스러운 기분으로 들어가서 그와 함께 나란히 셀카를 찍었다.

50대를 넘은 나이지만 스마트폰을 능숙하게 다루어 사진을 저장한 경비원이 씨익 웃었다.

"여긴 웬일인가? 다시 페스타 경호원이 된 겐가?"

페스타 경호원으로 일하던 시절, 매일같이 보던 야간 경비원인지라 사정은 대충 다 알고 있었다.

태민은 웃으며 고개를 저었다.

"아닙니다. 좀 일이 있어서. 잠깐 들어가도 되겠습니까?"

"그럼 되고 말고. 내가 다른 사람도 아니고, 태민 군처럼 유명한 사람을 못 들어가게 할 리는 없지."

원칙을 따지자면 방문객은 주민의 허가를 받아야 하지만 경비원은 신경 쓰지 않았다.

원칙주의자에 가까운 태민도 오늘만큼 그러한 신념을 잠깐 접어두기로 했다. 페스타를 만나러 왔다는 사실을 공식적으로 남길 필요는 없다.

"다음에는 음료수라도 챙겨 오겠습니다."

"어이쿠, 그럴 필요 없네. 가끔 지나가다가 얼굴이나 비추게나. 바쁘면 할 수 없고."

"하하, 그러겠습니다."

태민은 고개를 꾸벅 숙여 보이고 차에 다시 올랐다.

차단봉이 소리없이 올라가고 태민이 그 아래를 통과하여 단지로 진입했다.

그의 얼굴은 굳어 있었다.

경비원을 만날 때와는 전혀 다른 얼굴이었다.

'대체 무슨 일이지?'

지상층보다는 지하 주차장이 나을 것 같아 그쪽으로 들어갔다.

야밤인지라 차가 가득 차 있었지만 빈 자리는 있었다.

주차를 한 태민은 시동을 끄고 핸드폰을 꺼냈다.

띠리리—

벨소리가 울리고, 기다렸다는 듯 응답 소리가 들려왔다.

"태민 씨?"

"지금 지하 1층에 도착했습니다."

"우리가 늘 만났던 벤치에서 봐요. 지금 나갈게요."

"조심하세요."

방에서 1층 공원까지 오는데 별달리 조심할 것까진 없겠으나 태민은 그렇게 이르고 전화를 끊었다.

차에서 나와 주변을 살피고 비상구로 나갔다.

주차장에서 공원 쪽으로 바로 이어지는 계단이 있었다. 그곳으로 나가자 시원한 밤공기가 태민을 반겼다.

페스타 경호원 시절.

희라와 태민은 자주 여기서 만났다.

깊은 이야기를 나누기도 했고, 시시콜콜한 잡담을 하기도 했다.

그 시간은, 그리고 그들 사이에 분명 무언가가 흐르고 있었다.

그땐 몰랐지만 지금 생각해 보면, 어쩌면… 이라는 생각을 태민도 하게 되었다.

"크흠."

괜히 그때를 떠올리고 있자니 태민은 묘한 기분이 되어 헛기침으로 기분을 전환했다.

"태민 씨."

그때, 희라의 목소리가 들려왔다.

태민이 몸을 돌렸다.

야구모자와 선글라스를 낀 그녀가 어느새 벤치 가까이 다가와 있었다.

바쁜 와중에도 간간이 챙겨보던 음악 방송, 혹은 예능 프로그램에서 보던 모습과는 사뭇 다른 소탈한 차림.

이것이 희라의 본래 성격과 어울리는 모습임을 태민은 알고 있었다.

그러나 오늘 태민이 받은 인상은 조금 달랐다.

반년 만에 만났지만 그녀의 모자와 선글라스, 그리고 전체적인 분위기를 훑으며 태민이 말했다.

"울었습니까?"

"……!"

흠칫, 그녀가 놀란다.

쭈뼛쭈뼛 몸을 꼬다가 그녀가 고개를 푹 숙였다.

"어떻게 알았어요?"

"아니… 그냥 좀. 이 야밤에 선글라스를 낀 것도 이상하다 싶어서."

"숨기고 싶었는데… 그냥 모른 척해주는 센스를 발휘할 순 없어요?"

"죄송합니다. 다음부턴 그러죠. 그래도 지금은 진정된 것 같네요."

공항 앞에서의 전화에서도 조금 물기가 섞인 목소리였다. 확실히 울긴 울었던 모양이다.

희라가 주변을 조금 살피는 듯하더니 선글라스를 벗었다.

퉁퉁 부은 눈이 나타났다.

가장 눈이 예쁜 연예인으로 뽑힌 적도 있던 그녀에게는 어울리지 않는 눈이었다.

"일단 앉아요."

태민이 벤치를 손으로 슥슥 닦더니 그녀를 앉혔다.

"마실 거라고 사올 걸 그랬네요. 급히 오느라 아무것도 없
이 그냥 왔습니다."

"괜찮아요. 그런 건."

태민도 그녀의 곁에 앉아 잠깐 숨을 골랐다.

아주 잠깐 침묵이 흐르고 태민이 그녀를 쳐다보았다.

"무슨 일이 있었습니까?"

그녀의 도와달라는 말.

1년 전, 매니저 강기수 건으로 자신의 편이 되어달라고 했
을 때보다 어떤 의미로는 훨씬 더 간절했다.

강기수가 해결되면서 태민은 더 이상 페스타에게 문제는
생기지 않으리라 여겼다.

경호원으로서 옆에 붙어 있지 않아도, 그래도 그만큼 위험
은 없으리라 생각했다.

'그런데 그것이 잘못된 생각이었나?'

희라는 기본적으로 강한 여자다. 심지도 굳고, 쉽게 꺾이지
않는 성격의 소유자다.

그런 그녀가 이렇게 눈이 퉁퉁 부을 정도로 울었다는 것은
웬만한 일이 아니라는 것이었다.

"우리가… 우리 페스타가 요새 어떻게 지내는지 알고 있나
요?"

"여전히 바쁘다는 거… 한참 다음 앨범 준비 중이라더군
요."

"겨우 그 정도? 팬심이 많이 줄었나 봐요."

"죄송합니다. 워낙 바쁘게 지내다 보니……. 그래도 노래
는 꼬박꼬박 찾아 듣고 있습니다. 그 드라마 OST, 좋더군요."

"두 달 전 노래인데요."

"두 달 전부터 꾸준히 듣고 있습니다."

태민이 지지 않고 받아치자 희라가 피식 웃었다. 만난 이후
로 처음 짓는 미소였다.

"좋네요. 1년 전으로 돌아간 것 같아요."

"……."

태민은 대답하지 않았다.

한참 입을 다물고 있던 희라가 다시 말했다.

"다음 앨범 준비하면서 우리 회사에서 프로젝트를 진행 중
이에요. 중국 시장 진출."

"일본 다음은 중국입니까."

페스타의 일본 진출은 성공적이었다. 태민이 일본에 있을
당시에도 그랬고, 지금은 더더욱 그 열기가 뜨거워졌다.

페스타의 한 달 스케줄 중 3분의 1은 일본 스케줄이 되었
고, 아침에 출국했다가 저녁에 귀국하여 한국 스케줄을 소화
하는 일도 빈번해졌다.

그 와중에 너무 일이 많아지고 멤버들이 힘들어하자 희라는 잠깐 휴식을 요청하여, 그녀들은 한국 활동을 잠시 쉬게 되었다.

일본 스케줄과 여타 대외적 스케줄을 소화하면서 휴식 기간을 가진 것도 잠시, 그녀들은 새로운 프로젝트에 돌입했다.

"중국 시장은 일본 시장 못지않게 드넓어요. 단순히 중국에서 끝나는 것이 아니라 인접한 베트남, 대만 등 동아시아 전체를 겨냥할 수 있죠."

먼저 그렇게 진출한 한국 가수들도 많다.

그들은 소기의 목적을 달성하여 한류스타로서 당당히 이름을 알리고 있다.

페스타도 데뷔 4주년을 맞이하여 그러한 일련의 프로젝트를 새로 세우려는 것이었다.

"일단 중국 전체 홍콩에 가려고 해요. 아마 다음 앨범 로케는 홍콩이 될 것 같고, 홍콩 시장에서 동시 발행하여 중국 본토로 갈 계획을 세우고 있어요."

"좋은 일이군요. 바빠지겠지만 그만큼 페스타에게는 좋은 일입니다."

"그렇죠. 저도 그렇게 생각해요."

희라의 얼굴이 어두워졌다.

"문제가 생겼군요."

“맞아요. 일이 어느 정도 진행되고 있고, 홍콩의 기획사와 어느 정도 협의도 하고 있는 중에… 그들이 나타났어요.”

“그들.”

희라가 침을 삼키더니 트레이닝복의 허벅지 부분을 움켜잡았다.

“…홍콩 마피아, 그들이요.”

1997년 홍콩의 주권이 영국에서 중국으로 넘어가기 이전부터, 홍콩 마피아는 세계적으로 유명했다.

주권이 옮겨간 후 중국 내에서도 홍콩을 자치권을 인정받은 곳이 되었고, 그럼으로 인하여 마피아는 오히려 활개를 펼쳤다.

영국과 중국, 두 곳의 정부 어느 쪽에서도 쉽게 손을 뻗질 못하니 그 성장을 막기는 힘들었다.

그 성장은 한국의 조직 세계처럼 기업화되어 양지로 뻗어 나왔다.

그런 그들은 중국 본토의 삼합회 등과 손을 잡고 사업을 벌였는데, 그중 대표적인 것이 연예사업이다.

홍콩이나 중국에서 영화를 만들려면 그들의 손을 피할 수 없다고 말해지는 것은 공공연한 비밀이다.

어느 유명한 중국 배우조차 마피아에 소속되어 있다고 알려져 있을 정도니까.

그들의 힘은 실로 막강하여, 신인 배우가 성공하기 위해서는 반드시 그들의 스폰서를 받아야 하고, 그렇지 않을 경우 소리 소문 없이 사라지더라도 누구도 찾을 수가 없다.

연예기획사라는 양지의 형태는 분명히 가지고 있지만, 아직도 그 뒤쪽에서는 옛날 마피아식의 행태가 유지되고 있기 때문이다.

페스타의 기획사 노바 엔터테인먼트도 그러한 사정은 잘 알고 있다.

그렇지만 가능한 한 그쪽으로 물들지 않은 기획사를 찾고자 했으나 쉬운 것이 아니었다.

그래서 일단 재정적으로도, 여론적으로도 안정적인 회사를 골라 계약을 진행시켰다.

그곳이 바로 폴라리스.

홍콩에서 손가락에 꼽히는 회사로, 다수의 외국 가수들의 홍콩, 중국 진출을 돕고 있는 곳이었다.

한 예로, 일본에서 그다지 유명하지 않던 아이돌 그룹 하나가 그들과 계약하여, 지금은 본토를 뛰어넘는 인기를 구가하고 있었다.

오히려 중국의 아이돌이라고 해야 옳을 정도의 인기였다.

그 뒤에서 철저하게 푸시를 해준 성적이 있기에, 노바도 그곳으로 고른 것이었다.

그러나 협의가 진행되면서 노바는 무언가 이상함을 깨달았다.

수소문도 해보고 정보도 캤지만, 처음에는 폴라리스에서 마피아의 행적을 찾을 수 없었다.

그렇지만 협의가 진행되면 될수록 그 시스템 뒤에 무언가 다른 힘이 있음을 알게 되었다.

"그것이… 그 마피아라는 겁니까?"

"네. 확인한 바로는……."

태민도 들어서 알고 있긴 했다. 마피아들이 홍콩, 중국의 연예계를 잡고 있다는 이야기를.

그런데 단순한 루머 정도로 생각했는데, 그것이 아님을 알게 되니 솔직히 허탈해졌다.

한국 연예계에도 분명 그런 회사들이 있긴 하지만, 어느 쪽이냐고 따지면 소수 쪽이다.

요즘은 건실한 회사가 훨씬 많다.

그러나 중국은 그 특성상 전혀 다른 환경인 모양이었다.

"그들이 무슨 요구를 한 겁니까?"

"……"

태민이 물었지만 희라는 쉬이 대답하지 못했다.

대답할 말을 찾지 못한 것이 아니라, 말 그대로 쉽게 입을 떼지 못하는 것이었다.

태민은 이면을 짐작해 보았다. 무엇이 그녀의 입을 막고 있는지.

'혹시……'

불현듯 든 생각이 있었다.

'설마, 아니겠지.'

그러나 태민 또한 그 생각에 확신할 수 없었다.

태민은 그녀의 표정을 살폈다.

"크흠."

작게 헛기침을 하자 희라가 한숨을 지그시 내쉬었다. 그 모습에서 어쩐지 태민은 자신의 생각에 확신을 가지게 되었다.

"단도직입적으로 묻겠습니다."

"…네."

"그들이… 몸을 원하던가요?"

"……"

대답하지 않던 희라가 이윽고 어렵사리 고개를 끄덕였다.

태민은 숨을 잠깐 들이켰다.

정리가 필요했다.

전혀 다른 세상의 일이라고 생각하긴 했지만, 직접 해적을 겪으면서 태민의 생각도 많이 달라졌다.

이 세상에는 그가 모르는 세상이 분명히 있고, 그것을 겪으면서 시야도 넓어졌다 여겼다.

하지만 막상 또 다른 세상이 이렇게 다가오니 조금 흔들리는 기분이었다.

그것을 다잡으며 다시 물었다.

"폴라리스 쪽에서 페스타 멤버들의 성접대를 원했다, 이게 정확한 겁니까?"

"노골적으로 요구해 온 건 아니에요. 하지만 에둘러… 그런 제의가 들어왔어요."

"거절할 시에는?"

"홍콩, 중국으로 진출할 생각은 하지 않는 게 좋을 거라더군요."

폴라리스 뒤에 있는 마피아가 꽤 엄청난 힘을 가진 모양이었다.

태민은 기분을 진정시키고 그녀를 바라보았다.

"회사에서는 어떻게 하기로 했습니까?"

"이미 진출을 위해서 많은 노력을 기울였어요. 하지만 사장님은 이러한 요구를 들어주면서까지 갈 필요는 없다고 하세요."

"당연합니다. 중국에 가지 않아도 페스타는 이미 충분히 한류스타입니다."

"하지만 난 가고 싶어요."

"네?"

그녀가 똑바로 태민을 바라보았다.

생각을 정리하기 위해 숱하게 눈물을 흘리고 방황한 눈이었지만, 그래도 그 눈빛만큼 올바르게 서 있었다.

"그러한 협박에 굴할 수 없어요. 그러기 싫어요. 반드시 떳떳하게 중국 시장에 발을 디디고 싶어요."

"……."

태민은 순간 할 말을 잃었다.

심지가 굳다는 건 이미 알고 있었지만, 이러한 일 앞에서도 이렇게 당당하게 선언할 줄은 몰랐다.

정말 보통 여자들과는 다른 배포를 가진 여자였다.

잠깐 할 말을 잃었던 태민이 고개를 흔들다 다시 물었다.

"그놈들의 요구는 어떻게 할 생각입니까?"

"절대 들어줄 순 없죠."

"요구를 들어주지 않고 중국 진출을 관철시키겠다는 겁니까?"

"불가능해 보이죠? 하지만 난 그렇게 하고 말 거예요."

희라는 단호하게 말했다.

"다음 주에 저와 함께 노바 엔터테인먼트 측이 폴라리스

본사로 가게 되어 있어요. 그곳에서 아마 마지막 협의가 이루어질 거예요.”

“…적진으로 가겠다 이거군요.”

“네. 직접 담판을 지을 생각이에요. 사장님도 허락하셨고요.”

“위험하지 않겠습니까?”

“그렇겠죠. 위험할 거예요, 분명. 무슨 일이 일어날지 모르겠어요.”

“그런데도 가야겠습니까?”

“그렇지만 가야겠죠. 그리고, 그래서 태민 씨를 부른 거고요.”

희라가 다시 한 번 그 눈빛을 발하며 태민을 쳐다보았다. 그 눈빛을 보는 순간 태민은 이미 그녀가 할 말이 무엇인지 눈치챌 수 있었다.

“태민 씨, 나랑 함께 홍콩에 가줘요.”

태민은 대답하지 않았다.

그것이 망설이는 것이 아님을 희라는 어렵지 않게 눈치챘다.

그는 절대 거절하지 않는다. 왠지 모르게 희라는 그렇게 확신하고 있었다.

태민은 다른 것을 물었다.

"경호팀은?"

"같이 갈 거예요, 물론. 하지만 국내에도 남아야 하기 때문에 두 명만 따라가기로 했어요."

"거기에 저까지 포함시키겠다는 거로군요."

"아뇨. 이건 제 개인적인 의뢰예요."

희라는 설명했다.

"밀착경호팀은 어디까지나 페스타로서 경호를 맡은 거예요. 회사에서 경호를 맡긴 거죠. 하지만 유희라, 바로 저는 저의 경호를 태민 씨에게 맡기고 싶은 거예요."

그리고 한마디를 덧붙였다.

"누구보다 믿을 수 있는 단 한 사람에게."

그녀의 눈에는 태민에 대한 강한 신뢰가 흐르고 있었다. 태민도 어렵지 않게 그것을 발견해 냈다.

쑥스러움과 동시에 기쁨도 느꼈다.

어느 한 여성에게 이렇게 올곧은 신뢰를 받는다는 것이 싫을 리가 없다.

"크흠."

잠깐 헛기침을 하며 고개를 돌렸던 태민이 입을 열었다.

"알겠습니다."

"고마워요! 허락해 줄 줄 알았어요."

"단, 그전에 좀 처리할 일이 있습니다."

"처리할 일요?"

"예. 다음 주라고 했죠? 원래 다음 주에 먼저 들어온 의뢰가 있습니다. 그쪽에 양해를 구해야 합니다."

"어머, 선약이 있으면… 안 되는 거 아닌가요? 잘 몰라도, 경호업이라는 것도 결국 신뢰가 중요하잖아요."

태민이 함께 간다는 것에 기뻐하던 그녀의 얼굴이 금세 어두워졌다. 자신의 상황이 분명 급하긴 했지만 사업을 하고 있는 태민의 걱정을 먼저 하고 있는 것이다.

씨익 웃으며 태민이 말했다.

"괜찮습니다. 이야기가 통하시는 분이라. 아무튼 일단 같이 가는 걸로 하고, 제가 따로 처리해야 할 일이 있습니까?"

"경호팀과는… 제가 따로 회사를 통해서 이야기를 해둘게요. 이해해 줄 거예요. 조철호 팀장님도 태민 씨 얘기를 자주 했거든요."

오랜만에 듣는 이름이었다.

"다들 잘 지냅니까?"

"그럼요. 태민 씨가 잘 되는 것 보면서 다들 내 일처럼 기뻐했어요. 뭐, 한 명은 배가 아파서 죽으려고 했지만."

그새 경호팀과도 많이 친해진 모양이다. 하긴 매일 붙어다니니 친해지지 않을 리가 없다.

"누군지 뻔히 보이는군요."

“아마 이번에 만나면 한소리 할지도 몰라요.”

“설마, 홍콩에 같이 갑니까?”

“조철호 팀장님도요.”

태민은 잠깐 얼굴을 굳혔다가 이내 피식 웃고 말았다. 어쨌든 좋은 일이었다. 아는 사람과 함께 홍콩에 가는 것이니까 손발을 맞추기는 쉬울 것이다.

“그럼 일어나겠습니다. 희라 씨도 내일 스케줄 있을 테니 올라가 쉬십시오.”

“그래야죠.”

그들은 벤치에서 일어났다.

“태민 씨.”

“예.”

“고마워요.”

노란 가로등 아래에서 희라가 희미하게 웃음을 지었다. 조금 전보다 훨씬 더 편안해진 미소였기에 태민도 마주 웃어주었다.

“다 잘 될 겁니다.”

“그래야죠. 그렇게 만들어야죠.”

둘은 미소로서 인사하고 헤어졌다.

“형! 홍콩 간다고요?!”

이미 잠든 어머니를 방해하지 않기 위해 몰래 집으로 들어온 태민이 방문을 닫자마자 걸려온 전화 너머에서, 그렇게 철현이 소리쳤다.

그 소리에 잠깐 수화기에서 귀를 멀리 떨어뜨렸던 태민이 대꾸했다.

"어디서 들었냐?"

"혜아한테서요!"

"니네 사귀냐?"

"그, 그, 그그그그그, 그런 거 아니거든요?!"

"……."

반응이 영 수상쩍다. 대체 태민이 해외를 나도는 동안 무슨 일이 있었던 것인가?

"너 임마, 내일 나 좀 보자."

"누, 누가 무서울 줄 알고요?! 어쨌든 중요한 건 그게 아니라!"

"그래, 홍콩 가기로 했다."

"다음 주에는 일 있는 거 알잖아요. 그것도 중요한 일이! 형이 직접 잡아온 거면서!"

"나도 알아. 하지만 희라 씨 일을 거절할 수는 없잖아. 개인적인 부탁인데."

전파 너머에서 철현이 혀를 쯧쯧 찼다.

“사업하는 사람이 개인적인 사정으로 그렇게 멋대로 일을 받아들이면 안 되죠! 우리에게 정말 도움을 주는 고객인데, 그분 의뢰로 먹고사는 직원이 몇 명인지 알아요?!”

현재 경호업체 진호는 처음에 비해 그 규모가 꽤 커졌다.

현장 직원은 태민을 비롯하여 여덟 명으로 늘었고, 내부 직원이 다섯 명, 그리고 보안 관련 직원이 열 명이 되었다.

외주 형식으로 일하고 있는 이들까지 합치면 어느새 처음 규모의 열 배에 달하는 확장을 이루었다.

그들 각자가 진호의 직원으로서 바삐 움직이고 있는데, 그 와중에 사장이라는 사람이 원래 있던 의뢰를 무시하고 다른 의뢰를 받아왔으니 공동 사장인 철현 입장에서도 펄쩍 뛸 만한 일이었다.

“얌마, 그래도 희라 씨 일이잖아.”

“중요하니까 두 번 말하는 것도 아니고, 나도 그건 알거든요?! 그래도 그렇지, 그쪽에는 어떻게 설명할 건데요?”

“이야기 안 통하는 사람 아니니까, 나 말고 다른 녀석 밀어 넣어야지. 경완이 녀석, 다음 주에 쉬지 않냐?”

“월차이긴 해요.”

“그 녀석에게 부탁해야겠군.”

태민의 교육원 동기였던 최경완.

태민이 소말리아 해적 하나를 소탕하고 돌아온 이후, 경완은 스스로 가디언을 나와 태민에게 왔다.

찾아온 후 첫 마디가 가관이었다.

"가디언은 일을 너무 빡세게 시켜. 놀면서 쉬엄쉬엄 돈 벌고 싶다."

때마침 모 택배업체와 엮여서 한바탕 하고 돌아온 직후였던 태민은 피식 웃고서 대꾸해 줬다.

"지랄 염병한다. 빡세게 일해."

그렇게 경완은 진호의 경호원이 되었다.

첫 말과 달리 누구보다 열심히 일하는 그에게 태민은 얼마 전 팀장 자리를 주었고, 지금은 막 의뢰 하나를 완수하고 다음 주의 꿈같은 휴가를 기다리고 있을 것이었다.

"뭐라고 또 불만을 토로하겠네요."

"어쩔 거야. 사장이 까라면 까야지."

농담조로 말하는 태민과 함께 철현이 낄낄거리며 웃었다.

"암튼 그럼, 그쪽에다 이야기는 형이 할 거죠?"

"그래야지. 내일 찾아갈 생각이다."

"알았어요. 가기 전에 일단 출근은 했다 가요."

“오케이.”

전화를 끊고 겨우 태민은 혼자가 되었다.

침대에 걸터앉아 답답하던 넥타이를 느슨하게 풀면서, 머리로는 희라를 떠올렸다.

반년 만에 보는 거라 그런지, 아니면 최근 맘고생을 해서 그런지, 아닌 척했지만 그녀의 표정은 어두웠다.

들은 바 그대로, 분명 쉬운 일을 아닐 것 같았다.

태민은 넥타이를 풀고 와이셔츠를 벗으며 피식 웃었다.

‘야쿠자, 소말리아 해적, 그리고 다음은 홍콩 마피아라……. 일이 너무 커지지 않았으면 좋겠군.’

그렇게 기원하며 태민은 샤워를 하러 방을 나섰다.

우선은 샤워를 하면서 내일 해야 할 말을 정리하는 것이 먼저였다.

제2장
홍콩행 비행기

똑똑.

조용한 사무실에 노크 소리가 울려 퍼졌다.

"들어와요."

문을 열고 들어온 것은 타이트한 정장을 빈틈없이 차려입은 마키 요코였다.

"지부장님, 말씀하신 자료 가지고 왔습니다."

일본인이지만 능숙한 한국어도 사용 가능한 그녀가 내민 보고서를 받은 것은 금발의 영국 신사.

바로 이곳, 브라이트 파이낸셜 극동지부의 지부장인 바틴 프리먼이었다.

　자료를 간단히 넘겨본 프리먼이 웃음을 띠우고 고개를 끄덕였다.

　"나중에 꼼꼼하게 검토해 보겠습니다. 홍콩지부 관련은 이걸로 끝입니까?"

　"예. 필요하시다면 다른 자료도 준비하겠습니다."

　"아니, 충분히 수고해 줬어요. 고마워요. 아, 그리고."

　인사를 하고 돌아서려는 요코를 프리먼의 말이 잡아 세웠다.

　"예?"

　"좀 전에 연락이 왔습니다. 미스터 정이 지금 온다고 하는군요."

　"일찍 오는군요."

　아무렇지 않게 사무적인 얼굴로 대답했지만, 거기서 프리먼은 변화를 알아챘다.

　"오는 걸 기다렸군요, 미스 마키."

　"…부정하지 않겠습니다."

　그녀는 자신이 모시고 있는 프리먼이 사람을 보는 눈에 있어서는 그 누구 못지않게 날카로움을 알고 있었다.

　천천히 돌아선 그녀가 생긋 미소를 띠었다.

　"약속 시간보다 일찍 오는군요. 다음에는 저랑 상의하라고 좀 일러주세요."

"당연히 비서를 통해야겠지요. 그러겠습니다."

"그럼."

요코가 살짝 목례하고 사무실을 나갔다.

프리먼은 빙그레 미소를 머금은 채 모니터로 눈을 돌렸다. 본부에 올리는 보고서를 작성하면서도 그의 미소는 사라질 줄 몰랐다.

프리먼은 은근히 태민과 요코를 응원하고 있었다.

요코가 그의 친우인 미첼과 은밀한 관계였음을 알고는 있지만, 영국인 특성상 그런 것에 딱히 신경 쓰진 않는다.

역사적으로 무욕을 추구한 영국인이라지만 현대인은 다르니까.

오히려 프리먼은 그 사실을 알고 있는 태민이 요코를 피할까 조금 걱정했다.

'전혀 상관 안 하는 것 같으니 다행이지.'

태민은 유교 사상이 남아 있는 한국인답지 않게, 요코의 과거 따위에는 전혀 상관하지 않았다.

요샛말로 하자면 쿨하다고 할 수 있으리라.

그래서 요코도 태민에게 거리낌없이 연락을 하고, 또 호감을 표할 수 있는 것이다.

과연 그 호감이 연결될 수 있을지는 잘 모르겠지만, 최소한 태민도 요코에게 좋은 감정을 가지고 있으리라 프리먼은 여겼다.

그가 아끼는 태민.

그리고 능력있는 비서 요코.

둘 사이가 좋게 진전되면 분명 자신에게도 이득이리라.

그런 생각을 하면서 보고서 작성을 빈틈없이 완료했을 무렵, 태민이 도착했다.

태민은 약속한 시간에 정확하게 브라이트 파이낸셜 극동지부 사옥에 도착했다.

기존의 한국지부을 통째로 이전하면서 극동지부로 탈바꿈한 이곳은, 전보다 훨씬 큰 규모의 건물이었다.

그러나 몇 번이고 와본 태민은 더 이상 감흥을 느끼지 못하고 정문을 통과했다.

"아, 안녕하세요!"

로비 데스크에 있던 아가씨가 태민을 알아보고 일어났다.

"안녕하시니까. 오랜만에 뵙네요."

"그러게요. 지부장님 뵈러 오셨어요?"

"예."

아는 체를 하던 직원이 생글생글 웃으면서 수화기를 들었다. 형식적이긴 하지만, 위층 비서실에 확인해 보려는 요량이었다.

"연락 안 해도 됩니다."

그런 그녀를 낯익은 목소리가 제지했다.

태민이 엘리베이터가 있는 방향으로 고개를 돌리자, 그곳에 요코가 서 있었다.

또각거리는 하이힐 소리와 함께 다가온 그녀가 태민에게 생긋 미소를 지었다.

"온다고 해서 기다리고 있었어요. 여전히 시간 약속이 정확하네요."

"비즈니스를 하려면 그래야죠."

"믿음직하네요. 가시죠, 지부장님이 기다리세요."

요코가 앞서서 엘리베이터를 잡았다.

나란히 엘리베이터에 올라 사라지는 그들을 보면서 데스크 직원이 혀를 찼다.

"쳇! 오늘은 좀 오래 이야기할 수 있나 했는데."

"너, 아직도 눈독 들이고 있어?"

같이 로비 데스크를 맡고 있는 다른 직원이 물었다.

"눈독이라니! 대시라고 해줘."

"대시는 무슨, 몇 달 동안 이야기해 본 건 손에 꼽잖아. 정말 진심인 거야?"

"당연한 거 아니겠어? 저 나이에 세계적으로 유명한, 거기다 사업적으로 성공한 남자가 많을 것 같아? 더 늦기 전에 콱 잡아야지!"

"될까? 들어보니까 마키 비서실장이 아주 진득하게 침을 발라놨다던데."

"흥! 나이도 많은 일본 여자한테 내가 질 것 같아? 두고 보라지!"

"…그래그래, 한번 잘해봐."

그녀는 피식 웃고서 다시 자신의 일로 돌아갔다. 그 옆에서 태민이 사라진 방향으로 뜨거운 눈길을 던지고 있던 직원은 한참이고 그 눈길을 지우지 않았다.

그 눈빛의 대상인 태민은 한창 엘리베이터를 올라가고 있었다.

"원래 약속은 점심 아니었나요? 다른 스케줄이라도 생겼어요? 점심 약속 기대하고 있었는데."

요코가 호감을 숨기지 않고 그렇게 말했다.

태민이 쑥스럽게 웃는 얼굴을 해보이더니 대답했다.

"아뇨, 스케줄이라기보다… 조금 죄송스런 말을 드려야 해서요."

"죄송스런 말?"

"나중에 함께 말씀드리죠."

띠잉—!

엘리베이터가 지부장실과 비서실이 있는 12층에 도착했
다.

"어서 오세요~"

비서실의 직원들은 모두 태민의 얼굴을 알고 있었다.

그들의 인사에 일일이 마주 인사를 해주며 태민이 지부장
실로 들어섰다.

"어서 오게, 미스터 정."

때마침 아침 업무를 거의 끝낸 프리먼이 태민을 맞아들였
다.

"오랜간만입니다, 미스터 프리먼."

"바틴이라고 부르라니까. 자, 앉게나."

그들이 소파에 마주 앉자, 잠깐 사라졌던 요코가 커피를 들
고 들어왔다.

테이블에 커피를 내려놓은 요코도 프리먼의 옆에 자리했
다.

잠시 안부를 묻는 시간이 지나갔다. 서로 자주 연락을 하는
편에다, 경호 업무 협약도 맺어져 있어서 형식에 가까운 인사
들이었다.

커피를 한 모금씩 마신 뒤 프리먼이 말했다.

"점심은 일식집으로 예약해 두었네. 미스 마키가 보증한
맛이니 아마 괜찮을 거야."

"그거 기대되는군요. 요새 업무 때문에 매번 서양식으로만 먹다 보니 담백한 맛이 필요했습니다."

"그러고 보니 어제까지 의뢰가 있었다고 이야기는 들었네. 이제 다음 주에 있을 우리 일에 착수하면 되는 건가?"

"그렇지 않아도 그거 때문에 왔습니다."

태민이 잠깐 말을 끊더니, 낮게 말했다.

"죄송합니다, 바틴. 그 의뢰, 제가 아닌 다른 직원을 보내도 되겠습니까?"

"음? 무슨 일이 있나?"

프리먼은 계약 위반이라거나 하면서 호통을 치지 않았다. 그럴 성격이 아니기도 하거니와, 태민이 쉽게 약속을 바꿀 사람이 아님을 알기 때문이었다.

"도저히 바꿀 수 없는 약속이 생겼습니다."

"약속? 무슨 약속이기에 자네의 원칙마저 잠시 무르는 건가. 비즈니스에 있어서 약속은 목숨과 같은 거라고 말하지 않았나?"

"그랬습니다. 그렇습니다만… 그 목숨, 이번에는 잠깐 없는 셈 치고 싶습니다."

프리먼도 딱히 심술을 부리려는 것은 아니었다. 다만 조금 궁금해졌을 뿐이었다.

바로 옆에서 살짝 표정이 굳어 있는 요코를 위해서라도 그

사정을 듣고 싶었다.

"무슨 일인지는 말해줄 수 없는가?"

"죄송합니다. 그쪽도 비밀 유지 협약은 적용되는지라……."

비록 개인적으로 받아들인 의뢰지만, 경호 대상을 함부로 발설해서는 안 된다.

프리먼은 고개를 끄덕였다.

"그건 그렇군. 알겠네. 엄연히 따지자면 꼭 자네가 가지 않아도 되는 문제니까 상관은 없네만."

"지부장님!"

그가 너무 선뜻 받아들이자 요코가 흠칫 놀라 소리쳤다.

그 반응에 프리먼이 피식 웃고서 말했다.

"난 괜찮은데, 보다시피 미스 마키가 안 괜찮은가 보군."

"그, 그게 아니라……!"

"미안합니다, 요코. 다음부터는 이런 일 절대 없도록 하겠습니다."

태민이 진지하게 사과까지 하자 요코도 더 이상 굳은 표정으로 있기는 힘들었다.

"하아… 너무 그렇게 고개를 숙이니, 저만 이상한 사람이 되잖아요."

"하하하."

"절대 바꿀 수 없는 약속인가요?"

"예, 그렇습니다."

혹시나 해서 다시 찔러봤지만 역시나.

요코는 마치 보란 듯이 한숨을 크게 내쉬더니 진득한 눈빛으로 태민을 째려보았다.

"다음에 꼭 대가를 받도록 하겠어요. 그럼 온 김에 다음 주 홍콩 건에 관한 업무 조율을 하고 가세요. 본인이 아니시니 사장님의 입장으로서."

"네? 홍콩?"

태민이 그 단어에 반응했다.

다음 주, 브라이트 파이낸셜 극동지부장 바틴 프리먼을 따라 해외 스케줄이 있다 정도로 알고 있었기에, 그 목적지가 어딘지는 알지 못한 것이다.

"홍콩으로 가는 거였습니까, 바틴?"

"오늘 이야기를 하려고 했지. 왜 그러지?"

"우연의 일치로군요. 다음 주… 저도 홍콩에 갈 겁니다."

"어머, 진짜요?"

요코가 반문했다. 아예 못 본다고 생각했다가 행선지가 같다는 말에 눈빛이 반짝거렸다.

바틴의 반응은 달랐다.

태민의 말에 잠깐 생각하듯 눈을 굴리더니, 이내 입을 열었다.

"페스타 일인가?"

"……!"

태민은 헉 하고 놀란 얼굴로 그를 쳐다보았다.

"아니, 어떻게 그걸……?"

"진짜로군. 내가 누군지 잊었나? 현재 한국 금융계에서 꽤 주가를 올리고 있는 브라이트 파이낸셜 극동지부장이야. 금융계는 그런 정보에 빠르다네."

페스타가 중국 진출을 위하여 물밑으로, 그리고 위로도 많은 활동을 하고 있음을 프리먼은 알고 있었다.

거기다 태민이 페스타 경호원 출신으로, 지금도 어느 정도 연을 유지하고 있다는 사실을 대충 눈치채고 있었다.

그에게 있어서 이 정도 추리는 쉬운 일이었다.

"대단하시군요. 맞습니다."

태민은 숨기기 힘들다는 사실을 인정했다. 원칙에 어긋나는 일이지만, 밝히기로 했다.

"정확하게는 리더인 유희라 씨의 개인경호로 가게 되었습니다. 이번에 홍콩의 기획사인 폴라리스로 직접 가서 최종 조율을 하기로 했다더군요."

"가수 본인이 직접 나서다니, 듣긴 했지만 정말 당찬 아가씨로군. 가수를 그만두어도, 나중에 사업을 해도 되겠어."

인재를 좋아하는 프리먼은 소문으로 듣고서 유희라의 존재에 흥미를 느끼고 있었다.

"개인경호라는 건, 밀착경호라는 건가요?"

요코가 물어왔다.

"네, 아마도. 바틴을 경호할 때와 마찬가지일 겁니다."

"흐음, 24시간 늘 붙어 있을 거라 이거군요……."

요코의 눈이 가늘어졌다. 그 눈빛이 무슨 의미인지 모를 리 없는 태민이 난처한 얼굴로 웃었다.

"미스 마키가 신경 쓰이나 보군. 어차피 행선지도 같은데, 그냥 나 말고 미스터 정을 따라다니겠어요?"

"지부장님, 제가 남자 때문에 일을 내팽개칠 여자로 보이시나요?"

"그건 아닙니다만. 농담입니다."

프리먼이 어깨를 으쓱하고 커피 잔을 들었다.

"어차피 더 묻긴 힘들 테니, 그 이야기는 이걸로 마무리 짓지. 혹시 홍콩에 마주치면 인사하게나."

"예."

"지켜보겠어요."

"……알겠습니다."

뭘? 이라고 물을 수도 없는 눈빛을 보내오는 요코의 말에 태민은 적낭히 대꾸할 수밖에 없었다.

그 후, 간단히 업무 조율을 하고서 그들은 요코가 예약한 일식 레스토랑을 이동했다.

화기애애한 분위기로 점심 식사를 마친 뒤 헤어지기 직전, 요코가 총총히 다가와 태민에게 말했다.

"조심해요."

"예?"

"홍콩에 가서 말이에요. 대단한 건 알지만, 괜히 힘쓰고 다니다가 다치지 말라구요."

"하하하. 제가 무슨 질풍노도의 십대도 아니고. 걱정 마십시오."

"태민 씨를 걱정하는 게 아니에요. 태민 씨가 그럴 사람이 아니라는 건 알지만, 해적 일도 태민 씨가 벌인 건 아니잖아요? 그 전의 일본에서의 일도 그렇고."

요코는 진지하게 말했다.

"무리하지 말아요. 도움 필요하면 연락하고요."

"알겠습니다. 그럴 일 없을 테니 맘놓으십시오."

그런 다짐을 듣고서야 요코는 프리먼을 모시고 사라졌다.

그들이 차를 타고 떠나는 모습을 보면서, 태민은 피식 웃고 말았다.

"나도 그렇다면 좋겠는데 말이야."

어째 하늘이 우중충하게 흐린 것이, 아주 약간 불길한 예감이 들기는 했다.

*　　　*　　　*

사실 태민은 밀착경호팀에게 미리 인사를 해두어야겠다고 생각했다. 하지만 희라는 그럴 필요 없다고, 그럴 시간도 없다고 했다.

"이야기는 이미 해놨어요. 그러니까 출국 날에 인사하면 될 거예요."

태민은 그 말을 믿었다.

그런데,

"니, 니가 왜?!"

기원은 태민을 보자마자 상상도 못했다는 얼굴로 소리쳤다. 기원이 그렇게 놀라리라고는 태민도 상상하지 못했다.

"희라 씨?"

"어머, 제가 말 안 했던가요? 깜빡했었나 봐요! 미안해요!"

그녀는 쿨하게 사과했다.

너무 쿨해서 태민, 기원, 조철호는 그저 입만 벌리고 있었다.

"호호호, 사실 서프라이즈 해주려고 일부러 안 알렸어요. 놀랐죠."

"그거야 당연히……."

"그럼 성공!"

희라는 혀를 쏙 내밀어 보이고 단숨에 스태프가 있는 곳까지 내뺐다.

그 장난스런 태도에 태민은 그냥 헛웃음만 나왔다.

"오랜만이군, 저런 모습."

"네?"

조철호가 웃음기 섞인 말투로 말했다.

"요 몇 달간 희라 씨는 속 시원히 웃은 적이 없어. 심적 스트레스가 컸으니까. 저런 밝은 모습을 본 게 몇 주 만인지 모르겠군."

태민이 웃음을 지우고 희라가 있는 방향을 바라보았다. 그녀는 스태프에게서 비행기표를 받고 일정을 확인하고 있었다.

"많이 안 좋았습니까?"

"그랬지. 일이 제대로 풀리지 않았으니까. 이야긴 들었지?"

"대충은."

태민 앞에서 눈물을 지을 정도였으니 충분히 알고는 있었다.

태민은 새삼 책임감을 느끼며 각오를 다졌다.

"흥."

그런데 옆에서 들려오는 소리에 영 심기가 불편해진다.

하지만 태민은 그런 기색을 지우고 돌아보았다.

"오랜만입니다, 기원 선배."

"호오, 월드 스타께서 친히 인사도 다 해주시고. 이거 몸둘
바를 모르겠군."

"왜 그러십니까, 선배."

"선배는 무슨. 이제 엄연히 사장님이신데 내가 인사를 해
야 하는 거 아닌가?"

이죽대는 기원의 성격은 여전해 보였다.

"넌 아직도 꽁해 있냐."

옆에서 조철호가 피식 웃으며 핀잔을 주었다. 기원의 얼굴
이 금세 벌게졌다.

"꽁해 있다뇨! 이 자식이 어떻게 나갔는지 팀장님도 아시
지 않습니까!"

"사정이 있었잖아. 그리고 그 후에 이렇게 잘돼서 돌아왔
는데, 그러면 축하를 해줘야지."

"아, 네네. 저만 속 좁아 터진 놈이죠. 네네. 잘 알고 있습
니다."

기원은 표정을 풀 줄 몰랐다.

"화 푸십시오, 선배. 제가 홍콩 가서 맛있는 술이라도 사겠

습니다."

"필요 없어! 네가 사는 술 따위 마실까 보냐!"

기원은 원래 태민을 맘에 들어하지 않았다.

그러나 같은 팀원으로 일하면서 조금씩 그를 인정하는가 싶었는데, 태민이 돌연 퇴사하겠다고 밝히자 도로 예전으로 돌아가 버렸다.

그때 삐뚤어진 마음이 아직 제대로 돌아오지 않은 모양이었다.

'난처하구만.'

이 사람들과 일단 협력하여 경호 업무를 진행해야 하는 태민은 쓰게 웃었다.

"괜찮아. 겉으로만 이러는 건지 그동안 니 얘기도 많이 했으니까."

"팀장님! 제가 언제!"

조철호의 말에 기원이 길길이 날뛰었다.

그 모습을 보고 태민은 그냥 피식 웃고 말았다.

잠시 후, 희라가 돌아왔다.

희라는 태민에게 받았던 여권과 함께 비행기표를 주었다.

"인사 다 했죠? 태민 씨는 자리가 없어서 비즈니스석으로 끊었어요."

"네?"

"내 바로 옆이에요. 그 옆이 사장님. 어때요, 기쁘죠?"

"하하하하……."

태민은 애매한 웃음소리를 냈다. 희라의 얼굴이 미묘해졌다.

"뭐예요, 그 반응은? 월드 스타가 되셨으니 저 같은 한낱 아이돌의 옆자리는 딱히 그리 기쁘지 않다는 건가요?"

"그럴 리가요. 기쁩니다. 하지만 그 옆이 또 사장님이라니 책임감이 막중해서 그렇지요."

"후훗. 뭐, 그런 걸로 해두죠."

희라가 장난스레 웃고서 다시 스태프들에게 돌아갔다.

그사이 다른 스태프에게서 비행기표와 여권을 받은 조철호와 기원이 다시 다가왔다.

"우린 이코노미석이다. 비행기 안에서 경호는 너에게 맡기마."

"정말 책임이 막중하군요."

"흥. 별일이야 생기려고? 비행기 안인데."

태민도 어깨를 으쓱하고 말았다. 약 네 시간의 비행이 눈앞으로 다가왔으나, 그렇게 긴장되진 않았다.

'출발 전에 요코 씨에게 메시지라도 보내놔야겠군.'

그렇게 생각하며 그는 비행기에 올랐다.

　　　　　　　*　　　　　*　　　　　*

홍콩은 처음이다.

그래서 태민은 긴장하면서도 약간은 기대를 하고 있었다.

그에 비해 바로 옆자리인 희라의 얼굴은 감정을 읽지 못할 만큼 차분하게 가라앉아 있었다.

태민이 힐끔힐끔 그녀를 보고 있자니, 시선을 느꼈는지 그녀가 돌아보았다.

"왜요, 할 말 있어요?"

"음, 아닙니다."

"할 말 있으면 해요. 아, 비즈니스석이 처음이라 긴장했어요? 아니면 홍콩이 처음이라?"

"둘 다 처음이긴 하지요. 홍콩에서 온 인사를 경호한 적은 있지만."

바로 전 경호 의뢰가 홍콩에서 온 재벌이었다. 중국 경제 성장에 발맞춰 땅으로 돈을 번 벼락부자인 그를 경호하면서 워낙에 고생을 하다 보니, 홍콩에 대한 이미지가 그리 좋진 못하다.

그럼에도 희라의 일이니까 진지하게 임해야 한다는 것은 알고 있었다.

"흐흥. 이리저리 많이 다녔잖아요?"

“홍콩에는 가본 적이 없군요.”

“별다를 게 없어요. 홍콩 시내는 정말 명동 같은 분위기니까.”

“그건 좀… 기대감이 떨어지는군요.”

태민은 피식 웃었다.

때마침 바로 옆으로 승무원이 다가왔다.

“마실 것 좀 드릴까요?”

“아. 시원한 물 한 잔……”

“맥주 두 캔 주세요! 칭따오로.”

희라가 냉큼 손을 들며 태민의 말을 막았다.

승무원이 빙긋 웃어 보이더니 고개를 살짝 숙여 보이고 물러났다.

잠시 후 그녀가 돌아와 두 사람에게 칭따오 두 캔을 건넸다.

“좋은 시간 보내세요.”

미묘한 웃음을 짓고 돌아선 승무원을 올려다보는 사이, 희라가 태민의 캔까지 받아 뚜껑을 땄다.

“자, 건배!”

“거, 건배.”

얼떨떨하게 캔을 마주치는 태민. 시원하게 한 모금 넘기는 희라.

“크흠, 크흠.”

그 모습을 태민 옆자리의 사장이 매우 불편한 얼굴로 보고 있었다.

그의 입장에서는 회사 최고의 재원인 희라가 보는 눈이 거의 없는 비행기 안이라지만, 경호원과 이렇게 친밀한 사이로 보이는 것은 탐탁찮은 일이었다.

물론 태민과 친하다는 건 알고 있다. 하지만 친한 것과 바깥으로 보이는 시선은 다른 것이다.

“희라야.”

“괜찮아요, 사장님. 어차피 우리나라 사람도 아닌데.”

그녀의 말대로 비즈니스석에는 거의가 외국인이었다.

홍콩으로 가는 비행기다 보니 한국인도 더러 있긴 하지만 대부분이 서양인, 혹은 다른 동양인이었던 것이다.

“걱정 마세요.”

“어휴……”

희라가 말을 들을 것 같지 않으니 사장의 낯빛만 어두워졌다.

그러다 그는 그냥 어깨를 으쓱하고는 안대를 꼈다. 그대로 아무것도 보고 듣지 않겠다는 태도로 등받이에 몸을 기댔다.

“나 잔다. 내릴 때 깨워.”

“알겠습니다.”

태민이 씁쓸한 미소와 함께 대답했다.

태민과 희라는 맥주 한 캔을 비우며 도란도란 이야기를 나누었다.

사실상 1년 가까이 거의 보지 않았던 탓에, 대화가 한번 트이기 시작하자 금세 1년치의 이야기가 쏟아져 나왔다.

"우와, 야쿠자랑도 한판 했단 말이에요?"

소말리아 해적 건은 워낙 세계적으로 이야기가 퍼져 나가 누구나 알고 있었다.

하지만 그 전에 일본에서 야쿠자랑 엮였던 일은 모르는 사람이 제법 많았다.

태민은 그때를 떠올리며 간략하게 이야기를 해주었다.

"그때의 연으로 미스터 프리먼과 요코 씨에게는 아직도 자주 신세를 지고 있습니다."

"요코 씨?"

"마키 요코. 지금은 미스터 프리먼의 직속비서로 일하고 있습니다."

"한국에서… 말이에요?"

"예. 저희와 비슷한 일정으로 홍콩에 온다고 하더군요. 시간 나면 한번 보기로 했습니다."

희라의 표정이 미묘해졌다.

"요코 씨를?"

“미스터 프리먼과 만나면 같이 보게 되겠죠.”

“…….”

희라가 잠자코 태민을 쳐다보았다. 태민은 갑작기 말이 없어져서 당황스러운 얼굴로 그녀를 마주 보았다.

조금 침묵하는 듯하더니 그녀가 무미건조한 어투로 말했다.

“나도 데려가요.”

“예?”

“나도 그 자리에 데려가 달라고요. 태민 씨가 시간이 난다는 건 나도 시간이 난다는 거니까, 같이 갈래요.”

“에. 에? 예? 왜요?”

“아무튼요. 약속이에요. 알았어요?”

“그, 그러죠.”

얼떨결에 그렇게 대답하고 났더니 그녀가 그제야 흐뭇한 미소를 지어 보였다.

태민은 뭐가 뭔지 모르겠다는 얼굴로 남은 맥주를 털어 넣기 위해 캔을 들었다.

그러면서 몸을 돌리는데,

‘음?’

잠든 사장의 앞자리, 태민에게서 왼쪽 대각선 앞 자리의 승객이 흠칫 고개를 돌렸다.

'눈이 마주치지 않았나?

태민이 갑자기 몸을 돌리자, 그것을 예상 못한 듯한 남자와 눈이 마주쳤다. 그것은 착각이 아니라 진짜였다.

태민은 일단 못 본 듯이 맥주를 마지막까지 휙 넘겼다.

옆자리에서 희라도 남은 한 모금을 마저 마시고는 사장과 마찬가지로 안대를 꼈다.

"저도 좀 잘게요. 무슨 일 있으면 깨워주세요."

"예."

그녀가 자세를 잡고는 천천히 숨을 안정시켰다. 잠시 후 그녀도 조근조근 잠에 빠져들었다.

'많이 피곤하긴 했나 보군.'

맥주 한 캔을 했다지만 머리를 대자마자 잠이 드는 그녀가 조금 측은했다.

'그건 그거고.'

태민은 어떻게 할까 생각하다가 자리에 배치되어 있던 잡지를 빼 들었다.

다리를 꼰 채 그 위에 잡지를 올리고 한 페이지씩 넘겼다.

보고 있는 게 아니다.

시선은 페이지로 둔 상태지만, 신경은 대각선 왼쪽 앞의 승객을 향해 있다.

이쪽을 힐끔힐끔 쳐다보던 행위는 그만두었지만, 어색하

게 고개를 돌린 채 있었다.

태민은 아무 표정 없이 잡지를 내려다보며, 그리고 남자를 신경 쓰며 자세를 유지했다.

"맥주 하나 더 드릴까요?"

잠시 후, 다 비운 캔을 수거하러 온 승무원이 물어왔다.

"괜찮습니다."

"더 필요한 거 있으시면 말씀해 주세요."

승무원이 묵례를 해 보이고 물러났다.

마치 그녀와 교대라도 하는 듯 남자가 일어났다.

실내에 어울리지 않게 선글라스를 낀 채 일어난 그가 승무원의 옆을 지나 태민의 옆을 지나 뒤쪽으로 향했다.

태민은 그가 지나가길 기다리다가 뒤를 슬쩍 살폈다.

띵—

화장실 표시가 된 등에 불이 들어왔다. 남자가 화장실에 들어간 모양이었다.

'기분 탓인가⋯⋯.'

그렇게 생각하면서도 태민은 마음을 놓을 수가 없었다.

소말리아에서의 일 이후로 태민의 능력은 걷잡을 수 없이 상승되었다.

말 그대로 천뢰와 이어진 후 그의 뇌기호흡은 단숨에 상경까지 끌어올려졌고, 지금은 상경조차 극에 이르러 한계를 모르고 뇌기를 사용할 수 있었다.

그만큼 전신의 능력, 그리고 감각까지 확대되었다.

그 뇌기가 무언가 불편함을 계속 알려주고 있었다.

'확인해 봐야겠어.'

태민은 양쪽을 살핀 다음 슬그머니 안전벨트를 해지하고 일어났다.

희라와 사장이 잠에 빠진 지금이 움직이기엔 제격이다. 그는 조심스레 통로를 지나 비즈니스석 뒤쪽의 전용 화장실로 갔다.

지나가는 승무원과 가볍게 눈인사를 한 뒤 화장실 앞에 섰다.

안쪽에서 인기척이 느껴졌다. 사람이라면 누구나 가지고 있는 전자기도 감지됐다.

좀 전 남자와 동일하다.

태민은 양쪽을 살폈다.

커튼으로 비즈니스석과 이코노미석이 구분되어 있다.

때마침 이곳엔 아무도 없다.

태민은 잠금으로 표시되어 있는 잠금쇠를 힐끗 보고, 그곳에 손을 갖다댔다.

파직—!

극도로 자제한 뇌기가 일어나 손을 빠져나왔다.

철컥!

전자기의 영향을 받은 잠금쇠가 간단히 열렸다.

태민은 아무렇지 않게 문을 벌컥 열어재꼈다.

"흡?!"

안에서 무얼 하고 있었는지, 분명히 볼일을 보고 있었던 건 아닌 듯한 남자가 선글라스를 벗은 눈을 부릅떴다.

눈이 마주친 태민은 놀란 척하다가 미안하다는 표정을 지어 보였다.

"아이고, 죄송합니다. 안에 계셨으면 문을 잠그지 그러셨어요?"

한국말을 전혀 못 알아듣는 얼굴이었다. 그러나 태민은 거기에 신경 쓰지 않고 문을 닫는 척을 하다가 무언가를 발견했다.

"어라, 핸드폰? 지금 비행 중인 비행기 화장실 안에서 몰래 핸드폰 쓰시는 겁니까?"

"#$@&*%!!"

빠르게 뭐라고 내뱉는 말.

영어는 아니고, 중국어였다.

그 약간의 소란에 승무원들이 커튼을 열고 나타났다.

"무슨 일이십니까, 고객님?"

"아, 이분이 화장실 안에서 위험하게 핸드폰을 쓰고 있잖아요.”

“$%@!@!”

당황하며 뭐라고 소리치는 중국 남자. 승무원이 눈을 크게 뜨더니 그에게 중국어로 말했다.

남자는 태민과 승무원을 번갈아 쳐다보더니, 결국 어쩔 수 없다는 듯이 핸드폰을 보는 앞에서 끄고 화장실에서 나왔다.

한 승무원이 자리로 돌아가는 그에게 따라붙어 몇 번이고 주의사항을 일러주듯 말했다. 핸드폰을 사용하면 안 된다는 말이리라.

“죄송합니다, 고객님. 놀라게 해드렸습니다.”

“아뇨, 그쪽이 잘못하신 게 아니니까요.”

태민은 승무원과 헤어져 자리로 돌아왔다.

자리에 앉기 전 중국 남자와 눈이 마주쳤으나, 그는 불편한 얼굴로 잠깐 태민을 노려보더니 고개를 홱 돌렸다.

자리에 앉으며 태민은 생각했다.

‘감시당하고 있었나……’

중국 남자.

핸드폰.

증거는 적으나, 심증은 충분히 갔다.

남자는 줄곧 그들을 감시하듯 살피다가 모두가 잠이 들고 또한 태민이 무방비한 태도를 보이자, 그때 보고를 하러 화장실로 간 것이다.

그 장면을 태민이 냉큼 적발해 버렸으니, 아마 앞으로 비행기 안에서 서툰 행각은 못하리라.

문제는 그 남자가 보고한 곳이다.

'뻔하지.'

태민은 냉수 한 잔을 주문하여 손에 들고는, 매서운 눈길로 중국 남자의 옆 얼굴을 노려보았다.

아주 낮게 그의 입에서 한 단어가 흘러나왔다.

"삼합회……."

제3장
불야성

홍콩을 가리키는 말이 있다.

불야성.

밤에도 불이 꺼지지 않는 도심을 나타내는 이 단어는 언젠가부터 홍콩의 밤을 가리키는 단어로 널리 사용되었다.

혹자는 홍콩의 밤거리야말로 불야성이라는 단어를 만들어냈다고도 한다.

영국령이었을 때도, 그리고 자치령이 된 지금도 그 불야성은 여전했다.

그 한중간에서 태민은 탄성을 내질렀다.

“정말 명동 같네요.”

“그죠? 내가 말했잖아요.”

옆에서 희라가 감탄 아닌 감탄에 맞장구를 쳐 주었다.

공항에서 숙소인 호텔까지 오는 동안 구경한 홍콩의 야경은 정말 한국에서도 흔히 볼 수 있는 풍경이었다.

전혀 이국적이지 않고, 술 한잔 걸치면 한국으로 착각해도 별 무리가 없을 정도였다.

“본격적인 일정은 내일부터입니다. 일단 오늘은 방에서 각자 쉬도록 하지요. 식사하실 분들은 호텔 레스토랑이나 뷔페에서 이용하시고, 결제는 나중에 추산될 겁니다.”

사장이 그렇게 이르고 먼저 엘리베이터를 타고 올라갔다.

태민과 경호팀, 그리고 희라와 몇몇 스태프가 한 엘리베이터를 타고 올라갔다.

방은 호텔의 8층과 9층에 걸쳐 있었다.

희라의 방은 9층으로, 그 바로 맞은편이 경호팀의 방, 그리고 왼쪽이 태민의 방이었다.

“저 혼자 쓰는 겁니까?”

“태민 씨는 뒤에 합류해서 따로 방이 잡힌 거예요. 어차피 좁은 방이니까 혼자 쓰는 게 편할 거예요.”

기원이 작은 소리로 ‘팀장님께 양보해야지!’ 하면서 구시렁댔으나, 도리어 조철호가 손을 내저으며 양보했다.

"난 팀장이고, 태민이 넌 사장인데 그러면 안 되지."

"그래도 팀장님."

"기원이 눈치 볼 거 없다. 지킬 건 지켜야지. 그게 태민이 너의 원칙 아니냐?"

조철호는 묘한 논리를 들이대며 태민을 설득했다.

그사이 엘리베이터가 9층에 도착했고, 태민은 다른 반박도 못하고 엘리베이터에서 내렸다.

"잠깐만 기다리십시오."

희라가 문을 열고, 조철호와 기원이 먼저 방 안으로 들어가 검색을 실시했다. 그동안 태민은 희라의 옆을 지키며 복도 양쪽으로 눈으로 훑었다.

물론 눈만이 아닌, 한순간 뇌기의 그물을 펼쳐 9층 전체를 탐색한 것이다.

'음… 별다른 이상은 없는 것 같고.'

조철호와 기원이 방 안에서 나왔다.

"괜찮습니다. 들어가시죠."

"네. 그럼 다들 밤 잘 보내요. 난 좀 씻고 곧바로 곯아떨어질 예정입니다."

"잘 들어가십시오."

희라가 손을 흔들며 방 안으로 사라졌다.

다른 스태프도 모두 각자의 방을 찾아 헤어진 뒤, 태민도 조철호, 기원에게 짧게 묵례했다.

"일 있으시면 연락 주십시오. 바로 가겠습니다."

"뭐, 별일이야 있겠냐. 일단 쉬어라. 나중에 봐서 방에서 한잔하자."

"예, 팀장님."

조철호와 기원이 방으로 들어가는 걸 본 뒤 태민은 자신의 방으로 향했다.

삐릭—

카드키를 넣자 문이 가볍게 열렸다.

태민은 일단 방으로 들어와 주의깊게 뇌기를 사방으로 뿌렸다. 좀 전에 뇌기의 그물로 확인한 대로 그의 방에는 아무도 없었다. 혹시나 싶어 한 차례 더 탐색한 것이다.

침대에 걸터앉은 태민이 양 어깨를 돌리며 몸을 풀었다.

"비즈니스석도 그렇게 편하진 않군."

네 시간의 비행 정도는 이미 숱하게 겪어 익숙한데도 영 피곤이 내려앉았다.

태민은 상의를 벗고 침대 위에 가부좌를 튼 상태로 호흡을 정리하기 시작했다.

무협지나 도를 공부하는 사람들을 보면 가부좌를 틀고 앉아 명상을 하는 경우가 많다.

그건 가부좌가 그만큼 심신을 안정시키고 집중하는데 좋

은 자세이기 때문이다.

　천뢰신서에도 그에 대한 효과가 적혀 있었기 때문에, 태민은 상경에 다다른 이후로 시간이 나면 이렇게 가부좌로 앉아 뇌기호흡을 했다.

　"후우……."

　그의 코, 입, 그리고 전신에서 숨과 함께 뇌기가 흘러나와 주위를 휘돌았다.

　그 뇌기는 다시 숨과 함께 몸 안으로 들어가 전신을 순환했다.

　그럴수록 그의 피로가 사라지고 정신이 다시 깨어났다.

　'그놈들.'

　사실 몸의 피로보다 정신의 피로가 좀 더 심하다.

　이게 다 비행기 안에서 만난 의문의 중국 남자 때문이었다.

　화장실에서의 소란 이후로 별다른 기척을 보이지 않았다.

　착륙까지 태민은 그에게서 관심을 떼지 않았지만, 입국 게이트를 통과하는 소란 사이로 그는 자취를 감추었다.

　뒤늦게 쫓으려 해도 그의 모습은 찾을 수 없었다.

　그 상태로 호텔에 왔으니, 피로가 풀리긴커녕 기분 나쁜 예감만 남은 상태였던 것이다.

　그래도 다행이라면 다행이랄 수 있는 것은, 그 중국인의 정체가 어찌 보면 뻔하다는 것이다.

‘어떻게 알았는지는 모르겠지만 삼합회 놈이 분명해.’

희라가 폴라리스로 온다는 것을 뻔히 알고 있으니 그녀의 이동경로 또한 파악할 수 있다.

문제는 미행까지 하면서 무슨 짓을 하려는 것인지다.

‘모르겠군.’

생각해 봤자 소용없는 일.

태민은 가부좌를 풀고 일어섰다. 뇌기호흡은 어차피 자세와는 상관없이 가능하다. 그의 주위로 끊임없이 뇌기가 냇물처럼, 혹은 구름처럼 휘돌았다.

띠링—

좀 씻고 식사를 해야겠다고 생각하는데, 벗어둔 상의 주머니에서 휴대폰이 작게 울었다.

메시지였다.

—도착했나요?

요코였다.

그녀 또한 프리먼과 홍콩에 와 있을 시간이었다.

태민은 메시지로 답장을 하려다가 그냥 통화 버튼을 터치했다.

“대답이 빠르네요? 일하는 중 아니에요?”

요코가 밝은 어조로 전화를 받았다. 태민에게서 걸려오는 전화에 어두운 어조로 받은 적은 한 번도 없는 그녀였다.

"지금은 방에서 정비하는 시간입니다. 도착하셨습니까?"

"예. 방금 짐 풀고 혹시나 싶어서 메시지 보낸 거예요. 이렇게 빨리 답해줄 줄은 몰랐는데."

"저도 때마침 손이 비었었습니다."

"치, 손 안 비었으면 버려뒀을 거라는 투네요?"

"그럴 리가요."

요코와 만난 것은 일본에서의 불미스러운 사건이 계기였지만, 그 이후로 소말리아 건 등 여러 일을 겪으면서 이젠 농담도 쉽게 나누는 사이가 되었다.

여자라는 생물과 크게 접점을 가지지 못하는 생활만 해오던 태민으로서는 어쩌면 가장 근접한 관계를 유지 중인 여인이라고 할 수 있었다.

"호텔 가까운 데였죠? 밥은 먹었어요?"

"좀 씻고, 여기 호텔 뷔페를 이용할 겁니다."

"아직 안 먹었다는 거죠? 그럼 여기 호텔로 와요. 여기 레스토랑이 홍콩에서는 알아준대요. 내가 살게요."

요코가 제안했다. 잠깐 생각하던 태민이 보는 이도 없는데 고개를 저으며 말했다.

"죄송합니다. 일단 요인이 여기에 있으니까 멀리 갈 수는 없습니다.”

“참, 그랬죠. 그게 태민 씨의 원칙이지. 알았어요, 그럼. 내가 그 호텔로 가는 건 어때요? 호텔 뷔페는 나도 좋아하는데.”

“바틴은 괜찮습니까? 비서인 요코 씨가 떠나면 안 되는 거 아닙니까?”

“걱정 마요. 우리 지부장님 그렇게 깐깐하신 분 아니니까. 스케줄은 내일부터니까 오늘은 자유시간이에요.”

“그래도…….”

“아, 몰라. 지금 갈 거니까 30분 뒤에 뷔페에서 만나요. 알았죠?”

뚝.

그렇게 일러두고 요코가 일방적으로 전화를 끊었다.

태민은 허망하게 수화기 너머를 쳐다보듯 지그시 전화를 바라보다가 고개를 저었다.

침대 위에 대충 던져둔 그는 할 수 없이 나갈 채비를 갖추기 위해 옷을 벗었다.

시원하게 샤워를 한 뒤, 답답했던 업무용 정장 대신 캐주얼한 정장을 갖춘 그는 버려뒀던 핸드폰을 다시 들어 올렸다.

메시지가 하나 도착해 있었다.

―도착 10분 전!

요코에게서 온 메시지였다. 그 짧은 문장에 담겨 있는 강력
한 협박의 의지에 태민은 피식 웃고야 말았다.

"안 나타나면 방까지 찾아 올라오겠군."

그런 생각을 하면서, 현관 앞에서 구두를 찾아 신고 벌컥
문을 열었다.

"……!"

문 앞에 누군가가 서 있었다.

노크를 해야 할지, 아니면 초인종을 눌러야 할지 애매한 자
세를 취한 채 태민과 눈이 딱 마주쳤다.

"희라 씨?"

바로 희라였다.

"태, 태민 씨?"

갑작스런 태민의 등장에 놀란 건지 그녀가 흠칫 놀라서 뒤
로 물러섰다.

태민은 문 좌우를 살폈다. 복도에는 희라 혼자만 서 있었
다.

캐주얼한 복장으로 바뀐 그녀가 더듬더듬 입을 열었다.

"여, 여긴 어떻게?"

"제 방 앞입니다만……."

“아, 그랬죠. 미안해요.”

놀람을 진정시킨 그녀가 본래의 얼굴로 돌아가더니 방긋 웃어 보였다.

“저녁 아직이죠? 같이 밥 먹으러 가요.”

“아, 그거 말입니다만.”

태민이 망설이는 표정을 짓자 희라가 눈을 가늘게 떴다.

“뭐예요, 지금 경호 대상과 식사를 못하겠다는 건가요?”

머쓱한 얼굴을 한 태민이 대답했다.

“그렇지 않아도 그거 때문에 지금 방으로 가려고 했었습니다. 저녁 약속이 생겨서… 잠깐 자리를 비우겠다고 말을 드리려 했습니다.”

“어라, 경호 대상을 버리겠다고요, 지금?”

“아뇨, 버리겠다는 건 아니고……. 잠깐 조철호 팀장님께 부탁을 드려도 되겠습니까?”

“싫은데요?”

“……”

희라가 냉큼 대답하자 태민은 난처한 얼굴이 되었다.

그 얼굴을 가만히 바라보던 그녀가 새침하게 코를 찡긋하더니 물었다.

“누구 만나는데요? 멀리 가요?”

“아뇨. 이 호텔 뷔페에서 보기로 했습니다. 그… 원래 희라 씨 전에 들어와 있던 의뢰가 있었습니다. 브라이트 파이낸셜 이라는 곳의.……"

"그 비서?"

"어라, 아십니까?"

"전에 말했었잖아요? 거기다 철현 씨한테서 해아를 통해 들었어요. 요새 매애애우 친하게 지내는 여성이 있으시다고?"

"……"

뭘까, 이 기분은.

뭔가 취조를 당하는 기분이 들었다.

희라는 불만스러운 듯한 눈으로 태민을 아래위로 훑겼다.

"그래서 지금, 날 버려두고 그 여성을 만나러 간다는 건가요?"

"거절할 타이밍도 주지 않고 온다고 하더군요. 잠깐만 자리를 비우겠습니다."

"좋아요. 그럼 내가 타협안을 제시하겠어요."

"타협안?"

"날 데리고 가요."

폭탄 발언이었다.

태민인 눈을 크게 떴다.

"예?"

"못 알아들은 척하지 말고. 나도 그분한테 홍미가 좀 있으니까, 날 그 자리에 데리고 가라고요. 저녁 먹는다면서요? 나도 저녁 먹어야 하니까 약속과 의뢰를 동시에 하란 말이에요. 기회되면 만나게 해준다고 태민 씨가 그랬으니까, 다른 타협안은 없는 걸로 알게요. 가요.”

그리고서는 반항의 여지를 주지 않고 먼저 몸을 돌리는 희라.

“……”

태민은 무언가에 홀린 듯한 기분으로 그 뒤를 따르는 수밖에 다른 도리가 없었다.

＊　　　＊　　　＊

“태민… 씨?”

뷔페로 들어서는 태민을 보고 반갑게 일어나던 요코가 멈칫했다.

그와 함께 들어온 여인, 희라 때문이었다.

희라를 보고 다시 태민을 보고, 그렇게 요코가 잠시 약간의 혼란을 일으킨 사이, 태민은 애매한 웃음을 지으며 희라를 소개하려 했다.

“안녕하세요, 유희라라고 해요.”

그때 희라가 먼저 나서서 요코에게 손을 내밀었다.

그 손을 내려다보던 요코의 표정이 어느 순간 변한다. 그녀는 생긋 웃으며 손을 맞잡았다.

"국민 걸그룹이라는 페스타의 리더를 이런 곳에서 만나다니 영광이네요. 반가워요. 마키 요코라고 해요."

"저도 반가워요. 한국말 잘하시네요?"

"일 때문에 배웠죠. 희라 씨도 일어 하실 줄 아시지 않나요?"

"저도 일 때문에 조금 하는 정도예요. 마키 씨처럼 잘하는 건 아니에요. 부럽네요."

"어머, 한류 스타가 부러워해 주다니, 몸둘 바를 모르겠네요. 호호호."

태민은 생각했다.

'분명 서로 웃고 있는데… 왜 이리 춥지……?'

오싹한 기운이 목덜미를 스치고 지나감에 태민은 갑자기 한겨울 같은 추위를 느꼈다.

긴 악수가 끝났다.

"앉으세요."

요코가 맞은편에 태민과 희라를 앉히고 자신도 자리했다.

웨이터가 와 뷔페 이외의 요리를 주문받는 동안 태민은 요코의 뜨거운 시선을 느꼈다.

뭐라 형용할 수 없는 시선에 태민이 어떻게 응대해야 할지 헤매고 있을 때 그를 구해준 것은 희라였다.

"일하러 오셨다고 들었는데, 브라이트 파이낸셜에서 홍콩에 지사를 만드시는 건가요?"

"업무에 관련된 건 기밀사항이긴 하지만… 홍콩지사는 이미 있어요. 극동지부장이신 미스터 프리먼이 업무상 그 홍콩지사에 오신 거고, 전 수행을 위해 따라왔습니다."

"그렇군요. 그럼 보통 바쁘신 게 아닐 텐데, 이렇게 보스의 곁을 떨어져서 멀리 나와도 되는 건가요?"

희라는 생글생글 웃었다.

"어머, 전 누구처럼 경호를 온 게 아니라서요. 이 정도 자유시간은 보장된답니다."

요코도 방글방글 웃었다.

"……."

태민은 중간에서 주문한 요리가 나오기만을 기다리고 또 기다렸다.

이런 숨막힘은 전혀 예상도 못한 것이었고, 익숙치도 않았다.

'내가 뭘 잘못한 거지.'

그의 자기반성은 급기야 삼십 년 전까지 거슬러 올라갔다.

그 와중에 드디어 요리가 도착했다.

웨이터들이 애피타이저를 두고 물러났다.

향긋한 향을 풍기는 수프를 일단 한 숟갈 떠먹자 분위기가 조금 누그러들었다.

"어머, 맛있네요, 여기. 요리 잘한다는 이야기는 들었는데."

"그래서 제가 굳이 이 호텔로 온 거예요. 희라 씨 입맛에도 맞다니 다행이네요."

"센스가 있으시네요. 일본인 입맛에는 좀 안 맞는 게 아닌가 싶었는데."

"워낙 일본인 이외의 분들을 많이 모시다 보니 입맛도 세계화가 되었나 봐요. 희라 씨도 여러 나라의 음식을 맛보시지 않나요?"

"저도 여기저기 돌아다니다 보니 역시 그렇게 되죠. 그렇지만 전 역시 우리나라 음식이 좋아요."

"저도 한식을 좋아한답니다."

이야기가 한번 트이자, 희라와 요코는 오히려 통하는 면이 많았다.

대화가 이어질수록 이것저것 화제를 꺼낼 때마다 두 아가씨는 마치 오래된 사이처럼 깔깔 웃으며 즐거워했다.

덕분에 태민은 한결 나아진 기분으로 식사를 할 수 있었다. 어째 좀 전과는 전혀 다른 불편함, 소외감을 조금 느끼기도 했지만 이편이 훨씬 낫다는 생각마저 들었다.

"그러고 보니 궁금한 게 있었는데."

본격적인 식사가 시작되고 나서, 요코가 문득 그렇게 희라를 쳐다보았다.

"뭔가요?"

"두 사람, 원래 알던 사이였어요?"

"우리요?"

태민과 희라의 시선이 마주쳤다.

"저야 경호원이었다는 것만 알고 있었는데, 기사에서도 그렇게만 읽었고요. 그런데 오늘 보니, 그 전부터 꽤 오래 알아 온 사이인 것 같은 생각도 들어서요."

"그건 아닙니다."

태민이 어깨를 으쓱했다.

"그냥 단순한 팬이었죠. 그러다 보니 어쩌다 희라 씨와 직접 만나게 되어서, 그 연으로 경호원이 되었습니다."

"그때 굉장했죠, 정말. 매니저를 때려눕히다니."

"매니저? 아, 그 강기수라는 사람?"

요코도 기사를 봐서 알고 있었다. 그녀는 와인이 채워진 잔을 들어 희라의 잔과 부딪쳤다.

"지난 일이지만 잘 끝난 거에 축하의 의미로. 그런 사람이 이제 사라졌으니까 앞으로 잘될 일만 남은 거예요."

"고마워요. 잘되야죠. 이번 홍콩 진출 건에서도 이젠 완전히 빠졌으니까."

"음? 홍콩 진출도 강기수가 진행하고 있던 겁니까?"

태민은 알지 못하던 이야기였다. 희라가 와인을 한 모금 마시고 고개를 끄덕였다.

"매니저 팀장이었으니까요. 그런데 결국 그렇게 되어서 꽤 오래 제대로 진행이 안 되다가 이번에 다시 진행되기 시작한 거예요."

강기수가 홍콩 진출 건까지 엮여 있을 줄은 태민으로서는 전혀 모르던 사실이었다.

그가 강기수의 비리를 캐내 고발하여 국민적 스타가 되었던 사건, 그것으로 강기수와의 연은 전부 끝났다고 여겼다.

지금은 감옥에 있는 강기수가 출소하여 찾아오지 않는 이상 마주칠 일은 없으리라 여겼는데, 의외의 곳에서 그가 남긴 흔적과 맞부딪힌 것이다.

"뭐, 이젠 우리랑 상관없는 사람이니까. 일할 때 추진력은 있어서 홍콩 진출 건도 꽤 많이 진행시켰었나 봐요. 일 년이 지나도 가끔 그 사람 이름이 나오니 도움은 되었죠."

도움이라.

좋은 단어인데도 불구하고 태민은 그것에서 불길함을 느꼈다.

마땅히 뭐라 설명할 수 없는, 그리 좋지 않은 기분이었다.

그것이 무엇에서부터 오는 것인지 태민은 알고 있다.

마치 거미가 자신에게 다가오는 위험을 먼저 눈치채듯, 천뢰의 단계에 오른 뇌기가 그에게 전해주는 경보인 것이다.

그리고 그것은 명확히 인식했을 때,

‘……!’

태민은 불순한 시선을 느꼈다.

천뢰가 알려준 경보는 단순히 불길함 수준이 아니라, 지금 현재의 위험 그 자체였던 것이다.

태민은 이야기를 나누고 있는 두 여성이 모르게 몰래 눈을 돌렸다.

동시에 천뢰의 그물을 뷔페 전체로 흩뿌렸다.

치직—

뷔페의 조명들이 일시에 반짝였다.

손님들이 잠시 웅성댔지만, 태민이 뇌기를 거둬들이는 순간 그 이변은 사라졌다.

“잠깐 화장실 좀 다녀오겠습니다.”

태민이 일어서자 두 여자의 시선이 날아와 꽂혔다.

“그래요.”

“뭘 그런 걸 큰 소리로 알리고 가요?”

이미 두 사람은 화기애애하게 식사를 하고 있었기에, 태민이 자리를 비운다는 사실에도 전혀 거리낌이 없었다.

이걸 좋아해야 하는 건지 아닌 건지 오묘한 기분으로 고개를 슬쩍 숙여 보이며 태민은 테이블을 떠났다.

화장실로 향하는 척하는 그의 시선은 구석 자리로 향해 있었다.

그 자리에는 한 중국인 부부가 앉아 있었는데, 작게 대화를 나누고 있는 것 같았지만 남자 쪽의 눈길이 계속해서 희라가 앉아 있는 테이블로 향했다.

태민은 화장실 입구를 가리고 있는 차단막 뒤쪽으로 가서 벽에 붙어섰다.

희라에겐 보이지 않고, 남자는 보이는 좋은 위치다.

태민은 그곳에서 남자를 노골적으로 주시했다.

태민이 일어서는 것을 슬쩍 곁눈질로 확인했던 남자는 화장실로 가는 것 같았기에 잠깐 신경을 놓았다.

그러다 문득 느껴지는 시선에 고개를 돌렸다.

눈이 마주쳤다.

태민은 씨익 웃어 보였다.

"……!"

놈이다.

정면에서 얼굴을 확인하자 확실하게 알 수 있었다.

비행기에서 희라를 감시하다 태민에게 들킨 그 남자였다.

태민은 그가 어떻게 행동하는지 주시했다. 그는 눈이 마주친 후 서둘러 그렇지 않은 척 시선을 피했으나, 그의 몸에서 나오는 생체전자기가 매우 불안정해졌다.

민감한 태민은 그것을 손쉽게 읽어내 더더욱 확신했다.

드륵!

그는 일행인 듯한 여성에게 뭐라고 말을 남기더니 서둘러 뷔페를 빠져나갔다.

태민은 그 뒤를 따랐다. 희라와 요코가 눈치채지 못하도록 주의하면서.

그 남자는 곧바로 호텔을 빠져나가 빌딩 사이 어둠 속으로 스며들었다.

태민도 지체하지 않고 골목으로 들어갔다.

홍콩은 수십 년간 발전해 오면서 마치 서울의 밤처럼 불야성을 이루었다.

그러나 여느 도시가 그렇듯 모든 곳에 빛의 권위가 살아 있는 것은 아니다.

홍콩의 빌딩 숲은 그 사이에 그늘진 곳을 만들어냈다.

그 어두운 골목 어딘가에서 남자가 멈춰 섰다.

태민은 딱히 숨을 생각이 없었다. 그의 걸음에 맞춰 10미터 뒤쯤에 섰다.

남자가 돌아섰다. 태민은 안구에 뇌기를 모아 시력을 강화하고 그에게 말했다.

"비행기에서 보고, 두 번째로군."

"…눈치채고 있었나."

"실토하자면, 눈치챈 건 한참 후야. 어디서부터 따라온 거지? 줄곧 호텔을 감시하고 있었나?"

물어봤자 대답이 돌아오리라고는 생각지 않았다.

하지만 의외로 남자는 고분고분했다.

"비행기에서의 실책은 만회해야 하니까."

"직업정신이 투철하군. 아니, 충성심이라고 해야 하나?"

남자는 대답하지 않았다. 주변을 살피듯 슬그머니 눈을 옆으로 돌려대는 것이 보였다.

"도망치고 싶다면 말리진 않겠어."

"……!"

"하지만 이야기를 끝내고 가는 게 아마 더 신상에는 좋을 거야."

"…건방지군."

남자가 인상을 찌푸렸다. 턱이 각지고 볼이 툭 튀어나온 전형적인 중국인 얼굴이 찌그러지자, 그것도 제법 분위기가 살았다.

뒷골목에서 굴러먹은 티가 확실히 난다. 어떤 의미로든 그동안 상대한 조폭이나 야쿠자보다 훨씬 위압적이다.

하지만.

태민은 웃었다.

남자의 눈썹이 꿈틀댔다.

"웃어?"

"그쪽이 뭔가 착각하고 있는 것 같아서."

태민은 앞으로 걸어 나갔다.

어두운 골목, 한 치 앞도 잘 보이지 어둠 속에서 태민의 눈이 파랗게 빛이 났다.

남자의 얼굴이 굳었다. 즉각 눈을 깜빡이다가 다시 떴지만, 태민의 눈동자에 맺힌 푸른 빛은 사라지지 않았다.

'착각이… 아니다?!'

다음 순간,

태민의 신형이 어둠 속에서 솟아나듯 남자의 바로 앞에 나타났다.

"건방진 쪽이 어느 쪽일까?"

휘익!

손이 뻗어오는 것을 막을 수 없었다.

어깨를 잡힌 순간, 남자는 몸을 빼려고 했지만 그 힘은 상상 이상이었다.

단숨에 몸이 한 바퀴 회전하더니, 옆 건물의 벽에 틀어박혔다.

쿵―!

"윽……!"

찰나에 땅과 하늘이 뒤집힌 남자는 그래도 금세 일어났다.

용수철처럼 몸을 튕겨 일어선 남자가 단숨에 몇 발 거리를 벌렸다.

"제법이군."

태민은 솔직하게 감탄했다.

천뢰에 닿은 태민의 지금 근력은 일반인을 훨씬 웃돈다. 뇌기를 집중시키지 않아도 일반인의 두세 배의 힘은 항상 가능하다.

그것을 이자는 참아냈다.

얼굴에 떠올랐던 고통의 표정조차 사라졌다. 그만큼 단련되어 있다는 것이었다.

"네놈, 뭐냐."

남자가 물어온다.

"경호원, 보디가드."

"그거 말고! 한국에도 몇 개의 무술이 전해져 온다고 들었다. 그 계승자인가?"

"무술?"

태민은 웃음이 나왔다. 천뢰의 힘을 단순히 무술이라고 해도 될까?

당연히 아니다.

"너야말로 꽤 대단하군. 이렇게 아무렇지 않게 공격을 받고 일어서는 건 네가 처음이야. 중국 5천 년의 역사가 대단하긴 한가 보군."

"깔보다니!"

남자가 품으로 손을 집어넣었다.

총이라도 꺼내는 건가? 하고 태민은 낮게 몸을 숙여 금방이라도 튀어 나갈 자세를 잡았다.

그러나 품에서 나온 것은 한 쌍의 장갑.

가죽장갑을 손에 낀 남자가 한 차례 주먹을 맞부딪히고는 뒷발을 뒤로 뺐다.

왼손을 수도로 만든 채 앞으로 내밀고 오른손은 주먹을 만 채 허리에 갖다댄다.

그 자체로 자세를 낮추자 범상치 않은 기세가 흘러나오기 시작했다.

태민은 역시라고 생각하며 혀를 찼다.

"무술가였군."

"무술에는 무술. 그것이 우리의 긍지다."

"조폭 주제에 긍지고 나발이고."

태민은 스스로도 예전과 다르게 참 잘 비꼬는 성격이 되었다고 생각하며 한 걸음 나섰다.

파직!

오른쪽 발을 축으로 푸른 뇌기가 몸을 감싸고 휘돌았다.

"전격 계열이었나. 내공은 전혀 느껴지지 않는데."

내공.

홍콩 재벌을 경호하는 동안 태민은 그에게서 매우 흥미로운 이야기를 들었다.

무협지에 나오는 것처럼 그렇게 엄청난 능력을 가진 것은 아니지만, 현대의 중국에도 내공을 사용하는 자들이 있다는 말이었다.

무술도 많이 퇴색되어 사라진 지금, 아주 일부에서 전승되고 있는 호흡법에 의한 것인데, 삼합회는 그러한 내공 사용자를 다수 보유하고 있다고 한다.

눈앞의 이 남자도 그럴 가능성이 컸다.

'이러니 삼합회가 아직도 날뛰고 있는 거겠지.'

현대의 병기들이 버티고 있는 중에도, 아직도 삼합회가 사회의 뒤에서 암약할 수 있는 것은 그 이유도 한몫하리라.

태민은 잡념을 지웠다.

내공 사용자라고 생각한다면, 약간은 긴장해야 옳다.

"너는 내공 사용자냐?"

"좋을 대로 생각해라."

남자는 시크하게 대답했다.

다음 순간,

둘의 신형이 어두운 골목을 갈랐다.

# 제4장

홍콩의 어둠

탁.

이야기가 끊겼다.

저녁 시간이라 분주한 뷔페 안에서도, 테이블 위에는 희한하게 적막이 내려앉았다.

"……."

"……."

사실 좀 전까지 이야기는 매우 잘 흘러갔다. 마치 어제까지도 만났던 친한 친구인 양 두 사람은 신기할 정도로 대화가 잘 통했다.

하지만 그건 그거고, 어느 순간 그녀들은 깨달았다.

"태민 씨가 안 돌아오네요."

"그러게요. 전화라도 받으러 나갔나?"

"경호 대상을 두고 빠져나가면 안 되는 거 아닌가요?"

"그렇긴 한데……. 정말 어디 갔지?"

그게 그녀들의 마지막 대화였다.

지금껏 두 사람 대화의 연결고리가 되어주었던 태민이 사라지자 그녀들은 급격히 말수가 적어졌다.

요코도 그렇고 희라도 그렇고, 원래 외향적인 성격은 아니었다.

희라는 아이돌 생활을 하면서, 요코는 회사 생활을 하면서 그 성격이 어느 정도 무뎌진 것이지, 업무상이 아닌 개인적으로 이런 자리가 생기면 그녀들도 다른 사람과 다를 거 없이 어색해했다.

지금이 바로 그랬다.

"……."

"……."

괜히 목이 타서 희라는 와인을 들어 마셨다.

어느새 그들은 한 병의 와인을 전부 비웠다. 태민의 잔에만 그가 마시다 남긴 와인이 찰랑찰랑 남아 있었다.

탁.

요코도 마지막 모금을 넘기고 잔을 내려놓았다.

"희라 씨."

요코가 희라를 바라보았다.

좀 전까지 가볍게 대화를 하던 표정과는 다른, 사뭇 진지한 얼굴이었다.

"태민 씨를 어떻게 생각하죠?"

"……."

의외의 질문에 희라가 얼굴이 멎었다.

요코가 손을 들어 웨이터에게 와인 한 병을 더 주문했다.

"좀 더 마시면서 이야기하죠. 희라 씨는 이미 눈치챘겠지만, 전 태민 씨를 좋아해요. 태민 씨도 분명 그 사실을 알고 있으리라 생각해요."

내가 표현 안 한 게 아니니까.

태민도 물론 알고 있다. 그녀가 자신에게 단순한 친구, 동료 이상의, 이성적으로의 관심이 있다는 것을.

그가 과거 미첼과의 불륜 관계에 있었음을 태민이 신경 쓰는 것도 아니었다.

그것은 이미 끝난 일이고 과거에 묻어두어도 될 일이었으니까.

요코도 그렇게 생각하고, 태민이 아무 거리낌 없이 자신을 대한다는 사실을 알고 있었다.

하지만 그걸로 부족하다.

거리낌 없이, 가 아니라 거리낌이 있어야 한다.

남자와 여자 사이에는 너무 거리낌 없어도 문제니까.

나름 오래 태민을 알아오면서 요코는 왜 태민이 자신에게 더 다가오려 하지 않는지 그 이유를 조금 알 것 같았다.

"난 기회가 있을 때마다 내 마음을 숨기지 않았어요. 일본 인들은 자기 마음을 잘 숨긴다고 외국인들은 생각하지만, 난 그 범주에는 들어가지 않거든요."

희라는 그 말을 조용히 듣고만 있었다.

요코는 계속 말했다.

"그런데 아무리 표현해도 태민 씨는 꿈쩍도 하지 않는 거 예요. 대놓고 거절하진 않지만, 어느 선에서 결코 넘어오지 않아요. 처음에는 왜 그럴까 고민을 했었죠. 내가 매력이 없 는 건지 속상해하기도 했고. 하지만 그게 아니더라고요."

희라를 똑바로 바라본 요코.

그사이 웨이터가 와인을 한 병 더 가지고 왔다.

웨이터가 각각의 잔에 와인을 따라주었다.

"마셔봐요. 좀 전과는 맛이 다른 와인일 거예요."

희라는 시키는 대로 와인을 한 모금 입에 머금었다.

향부터 과일 향 같은 상큼함이 묻어나더니, 입안에서 달콤 함이 퍼져 나갔다.

　깔끔한 끝맛은 마치 주스를 마시고 있는 듯한 감각으로, 식사 후 입을 정리하는 데 안성맞춤인 듯한 와인이었다.

　"이 와인, 태민 씨가 좋아하는 와인이라더군요. 그래서 언제 마셨는지 물어봤더니, 몹시 쑥스러워하면서 희라 씨가 가르쳐 줬다고 하더라고요."

　그랬다.

　전 앨범을 성공시키고, 그 축하를 위해 소속사에서는 작은 파티를 열었다.

　그곳에서 희라는 자신이 좋아하는 와인을 태민에게 가르쳐 주었다.

　가디언을 그만두고, 개인회사를 차린 이후로도 태민은 그 와인을 즐겨 마신 모양이었다.

　"태민 씨가 달달한 걸 그다지 좋아하지 않는다는 건 알고 있을 거예요. 그런 태민 씨가 와인을 마실 땐 늘 이 와인을 찾는 이유, 난 알 것 같아요. 희라 씨는 어때요?"

　"…무슨 대답을 원하는 거죠?"

　희라의 목소리가 가라앉았다.

　요코의 눈빛이 날카로워졌다.

　"태민 씨는 희라 씨를 좋아해요. 전에는 팬이었다고 했지만, 이제는 그 선을 넘어서서 여자로서 좋아하고 있는 거라고요."

희라는 대꾸하지 않았다.

그 얼굴은 딱딱하게 굳어 있어서 표정을 읽을 수 없었다.

*　　　*　　　*

"큭!"

일격을 먹인 것은 태민이었다.

복부에 주먹을 직격당한 남자는 이어져 들어오는 공격 또한 막아내지 못했다.

휙!

폭풍 같은 기세로 휘어져 들어온 킥이 남자의 옆구리에 작렬했다.

격한 소리와 함께 남자가 허리가 기역자로 꺾이는가 싶더니 재차 벽과 거세게 충돌했다.

"크윽!"

남자는 입에서 피 섞인 침을 뱉어내며 일어섰다. 그러나 남자의 표정은 처음과는 완전히 달랐다.

'뭐지, 이자는?'

평범한 경호원이라고 여겼다. 좀 싸울 줄 아는 정도로, 본격적인 싸움이 시작되면 금세 쓰러뜨릴 수 있을 것이라 생각했다.

비행기에서의 감시를 무위로 만든 녀석이니 개인적 원한
도 있었다.

그러나,

"네놈, 대체 정체가……!"

"귀찮게 계속 묻는군. 경호원이다."

이런 경호원이 있다고 듣지 못했다.

유희라 주변의 사항들은 이미 조사가 끝나 있었다. 어떤 경
호원이 오는지, 어떤 경로로 움직이는지 전부.

눈앞의, 푸른 빛의 눈동자의 사내는 명백히 삼합회의 예상
에 없던 자였다.

"실망이군."

남자가 혼란스러운 표정을 짓고 있는 사이 태민이 툭 내뱉
었다.

"이제 겨우 다섯 번 정도 공격했을 뿐이야. 그런데 고작 이
정도로 다리가 후들거리는 거냐?"

"이 자식……."

도발이었다. 평소라면 건방지다며 바로 달려들었겠지만,
남자는 태민이 보통 놈이 아님을 이미 알고 있었다.

화를 참고 냉정하게 상황을 판단, 입안에 고여 있던 피를
침과 함께 뱉어냈다.

"이걸로 끝났다고 생각지 마라."

남자가 호흡을 끊었다.

동시에 마치 주변의 모든 공기를 끌어당기듯 숨을 들이마
셨다.

고오오오―

흡사 5기통 엔진이 돌아가는 듯한 세찬 소리가 골목에 울
려 퍼졌다.

태민의 눈빛이 달라졌다.

"재밌군."

태민으로서는 처음 보는 호흡법이었다.

그가 평소에 늘 실천하고 있는 뇌기호흡과는 그 방식이 완
전 다른, 내공을 단련하기 위한 호흡법.

뇌기로서 시야를 바꾸자 기의 흐름이 보이기 시작했다.

뇌기처럼 선명하진 않지만, 대기 속의 어떤 힘이 남자에게
스며들고 있었다.

신기하다는 생각과 함께 가벼운 긴장이 느껴졌다.

"다행이군. 이젠 좀 해볼 만하겠어."

"건방진, 그 말이 쏙 들어가게 만들어주마."

남자의 전신에 기력이 감돌았다. 기세가 돌변하여 위기를
겪던 좀 전과는 전혀 다른 분위기였다.

꿀꺽 침을 삼킨 태민이 슬그머니 오른쪽 발을 뒤로 물려 자
세를 낮추려 할 때, 남자가 용수철처럼 바닥을 튕겼다.

쿵!

가볍게 지면이 떨리는 감각과 함께 남자의 몸이 어둠을 뚫고 태민의 앞에서 솟아올랐다.

휙!

주먹을 피해내는 태민의 오른쪽 뺨이 서늘했다.

연속으로 발차기가 날아든다. 허리를 휘돌리며 연계 킥을 날리는 남자의 공격에 태민은 계속해서 뒤로 밀려났다.

급기야 그 등에 벽이 와 닿았다.

"음?"

더 이상 뒤로 물러날 공간이 없음을 느꼈을 때, 남자가 가볍게 무릎을 튕기더니 허공으로 날아올랐다.

크게 휘돌린 발이 허공을 격하며 태민의 머리통을 노리고 날아들었다.

쾅—!

비상식적인 충격음이 어두운 골목을 가르고 사라졌다.

남자의 발은 태민의 얼굴이 아닌 골목을 형성하고 있는 건물을 벽에 틀어박혀 있었다.

우직! 하는 소리와 함께 발이 뽑혀 나오며 남자가 바닥에 다시 발을 디뎠다.

한 차례 몸을 굴려 위기에서 벗어난 태민이 그쯤 다시 일어나 남자를 쳐다보고 있었다.

"사람 하나 정도는 그냥 죽이겠군. 홍콩에서는 사람 막 죽여도 되나?"

"걱정 마라. 너는 방금 전부터 죽여도 되는 리스트에 올랐으니까."

"삼합회가 대단하긴 대단한가 보군. 사람을 아무렇게나 죽인다고 하고."

"아무리 우리라도 막 죽이진……."

아무렇지 않게 말하던 남자의 표정이 일변했다. 실수했음을 깨달은 것이다.

태민이 피식 웃었다.

"어차피 삼합회인 거 뻔히 알고 있는데. 굳이 실수라고는 생각하지 않아도 되지 않을까?"

"…비겁한 자식."

"어린 여자 뒤나 졸졸 쫓아다니고, 몸 팔라고 협박하는 놈들이 할 말은 아니지."

태민은 슬쩍 손목시계를 확인했다. 홍콩 시간으로 맞춰 놓은 시각이 어느새 꽤 늦은 저녁 시간을 알려주고 있었다.

"많이 늦었다. 경호원이 너무 자리를 비워두면 안 되거든."

남자가 다시 자세를 잡았다. 태민에게서 피어오르는 기세가 순식간에 확장된 것은 거의 동시의 일이었다.

파지지직!

더 이상 숨길 생각도 없이 태민은 전신에 뇌기를 휘돌렸다. 천뢰에 닿은 뇌기가 움직임에 따라 푸르스름한 빛이 어두운 골목을 점차 밝게 만들었다.

형광등의 불빛처럼 차가운, 그리고 밤하늘에 내리치는 벼락처럼 뜨거운 기운에 남자의 눈이 커졌다.

'더… 강해졌다고?!'

남자가 그 사실을 깨달았을 때는 이미 늦었다.

"꽤 재밌었어. 내공이라는 게 실제로 있다는 것도 확인했고. 그러니, 사정은 좀 봐주마."

남자가 눈을 깜빡이는 순간, 태민의 손이 남자의 면상을 덮쳐왔다.

무언가가, 엄청난 악력이 내공조차 무시하고 자신을 찍어 누른다는 걸 안 직후 엄청난 전압이 남자의 전신을 지졌다.

"끄… 으어어아아아아악!"

아찔한 감각에 단숨에 정신을 놓을 것 같았다.

그러나,

실신이 되지 않는다.

분명 이 정도면 단숨에 정신을 잃어야 함에도, 남자는 안면을 잡힌 채 온몸을 떨면서도 결코 정신을 놓지 못했다.

"이 짓도 많이 하니까 적당히 기절 안 하게 괴롭히는 법을 알겠더라고. 아직 기절할 때가 아니니 조금 더 참으라고.”

태민이 차갑게 내뱉더니 손을 옆으로 뿌렸다.

쿠쿵!

남자가 골목 한쪽의 쓰레기통에 부딪혀 바닥에 나뒹굴었다.

기절도 하지 못한 채 아직 몸에 남아 있는 뇌기가 날뛰어 그를 제대로 움직이지도 못하게 했다. 갓 잡은 생선처럼 펄떡펄떡거리는 남자의 어깨를 발로 차 돌아 눕힌 태민이 그 어깨에 발을 올렸다.

“대답해 줄 게 많으니까 빨리빨리 하자.”

남자는 그제야 직시했다. 어둠 속에서 푸르게 빛나는 눈동자를 가진 이 사내는 결코 이길 수 없는 자임을.

‘형님들이 나선다고 해도…….’

공포로 물드는 눈동자를 직시하며 태민이 지그시 발에 무게를 싣고 물었다.

“네놈들, 아지트가 어디야?”

5분 후.

남자는 원하던 대로 기절했다. 5분 동안 상상도 하지 못한 고통을 경험한 그는 차라리 평온하다는 표정으로 정신을 잃었다.

그를 들어 쓰레기통에 아무렇게나 처박아 둔 태민은 핸드폰을 꺼냈다.

"팀장님. 네, 접니다. 지금 방이시죠? 지금 희라 씨가 손님과 함께 식사를 하고 있습니다. 제가 잠깐 자리를 비워야 해서 그동안만 경호 좀 부탁드립니다. 걱정 마십시오. 금방 올 겁니다."

짤막한 통화 후, 태민은 어두운 골목 끝에서 사라졌다.

*　　　*　　　*

"뭐? 웨이한테서 연락이 없어?"

"예. 원래 10분 전에 연락이 왔어야 하는데……."

보고하는 남자는 책상에 앉아 있는 상관을 제대로 쳐다보지 못하고 고개를 조아렸다.

상관, 통칭 샤우룽이라고 불리는 남자의 얼굴에 나 있는 기다란 검상이 흉물스런 이무기처럼 꿈틀거렸다.

10여 년 정도 전에 구룡성 시절 격전에서 얻은 상처라고 자랑스럽게 생각하던 그 상처가 매우 불길한 느낌을 전해주었다.

"같이 간 년은?"

"30분 전에 헤어진 이후로 기다리다가 결국 뷔페를 떠났다고 합니다."

"그년 잡아와. 감히 허락도 안 받고 자리를 떠?"

"아, 알겠습니다. 웨이… 는 어떡할까요? 전화를 해도 받질 않습니다."

샤우룽은 미간을 찌푸린 채 일어서더니, 사무실 한 켠에 있는 장으로 가 양주를 꺼내 들었다. 기분이 안 풀릴 때마다 한 잔씩 하던 양주를 오늘은 벌써 두 병째였다.

"계속 연락해. 그래도 안 되면 호텔로 가서 뒤져. 경비원 중에 누가 있지 않았나, 우리 형제들?"

"네, 연락해 두겠습니다."

부하는 고개를 꾸벅 숙이고서 문을 닫고 나갔다.

양주와 잔을 양손에 들고 샤우룽이 소파로 가 몸을 묻었다.

제법 선선했던 최근에 비해 오늘은 날씨가 어째 덥다. 그래서 사무실 안에 틀어박혀 있어도 몸이 축축 늘어지는 기분이었다.

이럴 때마다 샤우룽은 10년 전 혈기 넘치게 여기저기 돌아다니던 때를 그리워하고 했다.

"그땐 앞뒤 안 가리고 뛰어다니면 다 됐었는데 말야."

하지만 지금은 그도 한 지부를 맡고 있는 지부장.

거기다 본부에서 내려온 명령이 있는 지금은 더더욱 자리를 비울 수가 없다.

그런 와중에 부하 놈이랑 연락이 두절됐다고 하니 절로 술이 땡겨 결국 두 병째를 비우려고 하는 것이다.

"유희라던가 하는 그년, 제법 삼삼하게 생기긴 했던데 말야."

한국 가수들이고 뭐고 별로 관심이 없는 샤우룽은 이번 명령으로 인해서 처음 유희라라는 한국 가수를 알게 되었다. 과연 생긴 것은 제법 삼삼해서, 꽤 맛이 좋겠다는 생각이 들었다. 왜 그렇게 대부의 아들들이 못 돌려 먹어서 안달이 났는지 이해할 만큼.

하지만 어차피 샤우룽의 흥미는 거기까지였다.

그에게 내려온 명령은 어디까지나 감시. 그 이상의 짓은 허용되지 않는다.

"간단한 일이지만, 심심하긴 하군."

그렇게 생각하면, 부하의 연락두절이 오히려 지부에 긴장감을 줄 수 있어서 좋긴 하다. 연락만 되면 그 자식은 골로 보내 버려야겠지만.

'간만에 기합 좀 잡아볼까.'

라고 여유롭게 생각하며 그가 양주병의 뚜껑을 돌려 따는 순간,

쿠앙—!

엄청난 소음이 그의 방 밖에서 터졌다.

"으악!"

연이은 비명.

그리고 또 다시 이어지는 소음들에 샤우룽은 손에 들고 있던 잔을 놓치고 말았다.

"크헉!"

쾅! 쿠궁! 우당탕!

"억!"

챙그랑—!

방 밖에서 일어나는 소리는 심상치 않았다. 샤우룽은 눈을 부릅뜨고 소파에서 벌떡 일어났다.

"습격인가!"

홍콩, 중국의 밤은 삼합회의 영역이다. 하지만 언제나 왕좌를 노리는 잔챙이들은 생기게 마련. 샤우룽의 지부도 끝없이 도전을 받아왔고, 그때마다 깔아뭉갰다. 오늘 같은 습격도 제법 자주 있는 일이었다.

지루한 찰나에 잘됐다, 라는 마음으로 샤우룽이 문을 벌컥 열고 밖으로 나갔다.

좀 전에 자신에게 보고를 했던 부하가 사선으로 날아가 벽장에 처박혔다.

콰앙!

요란한 소음. 한 방에 기절했음은 당연한 일이었다.

"웬 놈이냐!"

샤우룽이 일갈했다. 회로부터 전수받은 내공호흡법으로 내공을 실은 외침이 쩌렁쩌렁하게 건물을 흔들었다.

일순 싸움이 멈췄다.

샤우룽이 지부 안을 둘러보았다. 이미 난장판이었다. 책상 같은 기자재가 부서지고 쪼개진 채 침몰했고 벽장, 서랍장도 남아난 것이 없었다.

'아니, 몇 초나 됐다고?'

소리가 들린 지 십 초도 안 됐다. 그새 이 꼴을 만들어놨다고?

"네놈, 어디서 보냈냐?"

보통 실력이 아님을 한눈에 알아보고, 샤우룽은 침입자를 향해 시선을 돌렸다.

가벼운 캐주얼 정장 스타일의 옷, 그리고 푹 눌러 쓴 야구 모자. 하지만 마스크 같은 것으로 얼굴은 가리고 있지 않았다. 딱히 숨길 생각이 없다는 뜻이었다.

침입자는 고개를 돌려 자신이 만들어놓은 난장판을 둘러보더니, 이내 샤우룽을 쳐다보았다.

"보아하니 그쪽이 이것들 대장인 것처럼 보이는군. 첸옌의 소개로 왔다."

첸옌은 유희라의 감시역으로 붙인 부하의 이름이었다. 샤우룽의 눈매가 날카롭게 바뀌었다.

"넌 누구지?"

이 침입자가 어디서 왔는지는 더 이상 중요하지 않다. 문제는 그 정체였다.

"알면서 물어보는 거면 이해하겠는데, 정말 몰라보는 거라면 멍청하군."

"뭐라고?"

"네놈들이 작업 중인 여자의 신변조사도 안 하는 거냐, 아니면 사진 봐놓고 멍청해서 까먹은 거냐?"

침입자의 도발은 이어졌다. 샤우룽의 눈썹이 흉악하게 일그러지는 듯하더니, 발밑에서 고통에 꿈틀거리고 있던 부하를 걷어차 일으켜 세웠다.

"저 자식, 누군지 알아와."

부하가 후다닥 일어나 샤우룽의 사무실로 들어가더니 윗선에서 받은 자료들을 가지고 돌아왔다.

"이자 같습니다."

부하가 내민 사진. 그것은 인천공항에서 찍은, 정장을 입고 희라 옆에서 경호를 하고 있는 태민의 모습이었다.

침입자는 태민이었다. 희라를 감시하고 있던 남자에게서 고문에 가까운 행위를 통해 이름과 소속을 알아내고, 그가 속해 있는 이 지부를 찾아온 것이다.

“정태민… 경호원? 유희라 경호원이라고?”

“예. 홍콩 오기 전에 갑자기 추가된 경호인력입니다. 첸옌에게도 보고됐었습니다.”

“낯익은 이름인데…….”

“그러실 겁니다, 얼마 전에 소말리아에서…….”

부하는 샤우룽에게 몇 개월 전 소말리아에서 있었던 피랍을 혼자서 해결한 경호원의 이야기를 해주었다. 세계적으로 유명해진 사건이라 이미 샤우룽도 알고 있었다.

“그렇군. 제법 유명인사셨군?”

살짝 비웃음이 담긴 어조의 샤우룽. 사무실을 신중한 시선으로 둘러보고 있던 태민이 피식 웃었다

“어쩌다 보니.”

“그러신 분이 여기에 웬일이시지? 우린 어느 나라 해적처럼 누굴 납치하거나 한 적도 없는데 말야.”

“납치는 아니지만, 더러운 일을 하셔서 말이지.”

태민은 야구모자를 고쳐 쓰며 말했다.

“경고하러 왔다. 유희라를 건드리지 마라. 접근할 생각도 마라. 정당한 비즈니스만이라면 나도 나서지 않겠다. 그러니 엉뚱한 생각은 실행에 옮길 생각도, 할 생각도 하지 마라, 알겠나?”

“…건방지군.”

샤우룽의 표정이 굳었다,

그가 삼합회의 형제가 된 지 약 15년, 지금까지 그의 앞에서 이렇게 헛소리를 늘어놓은 인간은 없었다, 적어도 중국 내에서 삼합회는 정치권력과 비견되는 힘이 있었다.

건방지게 지부에 도전하는 놈들도 깔아뭉개고, 나라 인맥으로 도전해 오는 세력을 처리한 지 수십 년.

샤우룽으로서는 이해가 되지 않는 인간과 맞닥뜨린 것이다.

"푸하하하! 고작 반도에 들러붙은 작은 땅덩어리에서 온 놈이 그런 소리를 하는 거냐? 뭐라고? 건드리지 마라? 정당한 비즈니스라면 나서지 않겠다?"

그의 신체 주위로 기묘한 대기가 감돌았다. 태민은 이 느낌을 알고 있었다. 몇 십 분 전, 골목에서 첸옌이 내공을 끌어당기던 바로 그 공기였다.

"건방진 자식! 감히 여기가 어딘지 알고 내뱉는 헛소리냐!"

"삼합회 지부 아닌가? 내가 삼합회 구조가 어떻게 되는지 정확히 모르긴 한다만, 어차피 어느 동네나 조폭이 거기서 거기겠지."

"감히 우리 삼합회를 그딴 깡패 조직과 비교를 해?!"

"허어, 자부심이라고 있나 보지?"

조폭이나 야쿠자나 삼합회나 어차피 다 같은 족속들이라

고 태민은 생각하지만 아무래도 샤우룽은 아닌 모양이었다.

미간에 핏줄이 서는 것 같더니, 주변을 둘러보고 아직 일어서지 못한 부하들을 걷어찼다.

"일어나! 저 자식을 잡아라! 지옥을 보여주겠다!"

부하들이 움찔움찔대다가 일어나 태민을 둘러쌌다. 아직 입구 쪽에 서 있던 태민이어서 우선 도망치지 못하도록 문을 막았다. 그러자 태민은 열 명의 남자에게 포위당한 형국이 되고 말았다.

그러나 태민은 전혀 긴장하지 않았다. 되려 그들을 둘러보며 피식 웃어 보였다.

"좀 전까지 당하고 있던 건 까먹었나? 그렇다면 다시 떠올리게 해주지. 거기 당신."

태민이 샤우룽을 가리켰다,

"당신은 마지막이야. 잘 지켜보고 있으라고."

남자들이 달려들었다. 태민이 두 주먹을 쥔 채 한 걸음 내디딘 순간, 남자들은 폭풍이 몰아닥친 듯한 위기감을 느꼈다.

"흠!"

태민의 온몸에서 푸른 뇌기가 솟아올랐다.

샤우룽이 불길함을 느꼈을 때는 이미 모든 상황이 끝나 있었다.

"……"

샤우룽은 할 말을 잃었다.

그제야 그는 벼락처럼 머리가 깨어남을 느꼈다. 술을 마시지도 않았는데, 어째서 사태를 낙관하고 있었을까.

그가 자신의 방에서 나왔을 때도, 저 침입자는 다수의 부하를 아랑곳하지 않고 때려눕혔는데 말이다!

가볍게 어깨를 돌리던 태민의 시선이 샤우룽에게 와 닿았다.

"만족스럽진 않지만, 이 정도면 내가 어떤 놈인지는 충분히 알 거고."

"네놈이… 경호원이라고? 너 같은 놈이 경호원이란 말이냐?"

샤우룽은 애써 어깨를 폈다. 쫄 필요 없다. 겁먹은 티를 내면 안 된다.

'난 삼합회다!'

중국의 뒷골목에도 서열이 있다. 삼합회는 그중에서도 최상위다. 샤우룽은 자신이 그런 조직에 속해 있다는 것에 자부심을 가지고 있었다.

"너 같은 녀석이 왜 경호원 같은 일이나 하고 있지? 한국에서도 더 좋은 대접을 받을 수 있지 않나?"

샤우룽이 떨리는 목소리를 애써 가라앉히며 말했다. 태민이 싸우느라 조금 삐뚤어진 모자를 고쳐 쓰며 대꾸했다.

“뭐, 그럴 수도 있겠지.”

“그렇군. 제대로 대접을 안 해주나 보지? 그렇다면 우리 회에 들어와라. 우리의 형제가 된다면, 넌 지금껏 경험해 보지 못한 것을 경험하게 될 것이다. 원한다면 내가 상부에 소개도 시켜주겠다. 경호원 같은 허접한 일이 아니라 더 큰 일을 할 수 있게 해주겠다!”

그것은 샤우룽의 진심이었다. 지부장은 맡고 있는 만큼, 나름 본부 쪽에서 어느 정도 끗발이 있다—고 본인은 생각하고 있었다.

‘저놈만 만약 끌어들일 수 있다면 일은 더 수월해지겠지……!’

단숨에 요직으로 승급할지도 모를 일.

생각해 보니 이것은 위기가 아니라 기회였다. 샤우룽의 표정이 밝아졌다.

“웃기고 있네.”

그러나 들려온 한마디에 다시 먹구름이 짙어졌다.

“첸옌이라는 놈도 그렇고, 삼합회에서는 헛소리라도 가르치나? 보아하니 이것들 대장 정도는 되는 것 같은데 상황 파악이 이렇게 안 되다니.”

태민이 접근했다. 그것만으로도 샤우룽은 주춤 뒤로 물러났다.

"그런 헛소리에 넘어갈 거라고 생각했다면, 다시 바닥부터 크던가, 아니면 업종을 변경해라. 삼합회라고 해서 좀 대단한 놈들인 줄 알았더니, 윗녀석이 이런 멍청이라면 볼 것도 없군. 아, 어차피 네 위에도 사람은 많을 테니까."

정신을 차렸을 때 이미 태민은 샤우룽의 눈앞에 와 있었다.

태민이 내뿜는 기세에 완전히 짓눌린 그는 대처조차 하지 못하고 그 자리에 얼어붙었다.

"대답해라. 네가 받은 명령이 뭐지? 단순한 감시냐, 아니면 뭔가 더 있는 거냐."

"가, 감시……."

"그것뿐? 그리고?"

"그, 그뿐입니다."

"그래?"

태민은 그 말을 믿지 않았다. 삼합회라는 것들이 단순히 감시만으로 끝낼 리가 없기 때문이다.

잠깐 주변을 둘러본 태민이 불시에 샤우룽의 머리를 휘어잡았다.

"윽!"

샤우룽도 단련될 대로 단련된, 이른바 무술가라고 할 수 있는데도 이 공격은 막지 못했다.

"끄으으윽!"

엄청난 힘.

악력에 두개골이 부서지는 것은 아닌가 착각을 느끼자 그의 무릎이 절로 꿇려졌다.

머리를 휘어잡힌 채 무릎을 꿇은 굴욕적인 자세로 샤우룽은 아무것도 하지 못했다. 태민이 그런 그를 내려다보며 다시 물었다.

"감시 말고 또 뭐가 있지?"

"지, 진짜입니다!"

어느새 말투까지 변했다. 태민은 눈을 가늘게 떴다.

파지지지직!

"으아아아악!"

갑작스런 전기충격!

척추를 휘달리는 감각에 샤우룽이 몸을 벌벌 떨었다.

고통을 짧았다. 그러나 공포는 오래 갔다. 뭔지도 모를 공격을 받았으니 공포의 질은 더했다.

"다시 한 번 묻는다. 감시 말고 받은 지시가 뭐지?"

"저, 정말 모릅니다! 감시하면서 일거수일투족을 보고하라는 것 외에는……!"

아무래도 그것은 진실인 모양이었다. 미약하게 뿜어내는 생체전자기의 반응을 읽고 태민은 내심 혀를 찼다.

"좋아. 그럼 네 윗선을 대라."

“윗선?”

“네 보고를 받는 놈 말이다.”

샤우룽의 표정이 창백해졌다.

“그, 그건… 으억!”

파직!

대답을 망설이는 듯 보이자 태민은 또 다시 전격을 날렸다. 첸옌에게서 원하던 대답을 받아냈던 바로 그 방법이었다.

하지만 샤우룽은 지부장을 맡고 있는 만큼, 첸옌과는 비교도 되지 않는 참을성을 가지고 있었다.

파지직!

“크흑……!”

파지지지직!

“으으으윽!”

연속된 전격, 거듭되는 질문.

그러나 샤우룽을 입을 열지 않았다.

그의 상관이 누구인지 모를 리가 없다. 태민은 그 점을 확신하면서도, 이 정도까지 참아내는 샤우룽의 능력에는 혀를 내둘러야 했다.

“크, 큭큭큭! 어디 한번 해봐라! 절대 대답하지 않겠다……!”

충성을 불태우는 샤우룽의 눈에서는 광기마저 흘렀다.

‘…내가 악당 같군.’

태민은 입맛이 씁쓸해졌다. 정보를 얻기 위해 평소보다 더 과하게 굴긴 했지만, 이렇게까지 버티는 것을 보면 결코 쉽게 생각할 일은 아니었다.

이대로 진행해 봤자 계속 시간만 끌고 소득은 없을 것 같았다. 태민은 그렇게 판단을 내리고 머리를 붙잡고 있던 손을 뗐다.

그 순간,

“……!”

태민은 급히 샤우룽의 턱 관절을 우겨잡았다.

“윽! 놔, 라……!”

명확한 발음은 아니었으나 알아들을 순 있었다. 태민은 눈을 부릅뜨고 단숨에 뇌기를 일으켰다.

퍼헉!

고문을 가할 때와는 상대가 되지 않는 강력하고 임팩트 있는 전격. 샤우룽의 몸이 한순간 경직을 일으키며 옆으로 쓰러졌다.

실신한 것이다.

태민은 조용해진 사무실을 둘러보고, 마지막으로 샤우룽을 내려다보며 혀를 찼다.

“제길, 자결하려고 하다니.”

설마 죽으려고 시도를 할지는 몰랐다. 잠깐 손을 뗀 그 순간 혀를 씹어 자살하려고 한 것이다.

그 낌새를 눈치채고 미리 턱 관절을 박살 내, 그리고 기절시켜 막아서 다행이지, 아니었으면 바로 눈앞에서 누군가가 죽는 모습을 봐야만 했을 것이다.

태민은 자신의 손을 내려다보았다. 뇌기를 다루는 것에 더 이상 거부감은 없지만, 아무래도 조금 전에는 자신이 너무 심했음을 절감했다.

다룰 수 있는 힘이 늘어날수록, 할 수 있는 것이 많아질수록 능력을 펼치고 싶어 하는 것은 인간으로서 당연한 욕구이리라.

하지만 그만큼 자제할 때는 자제해야 옳은 것이고, 다른 이들과 다른 능력을 가진 태민은 더더욱 스스로를 자제해야 옳았다.

"후우… 어렵구만."

손을 쥐었다 폈다 하는 태민의 얼굴에 씁쓸함이 감돌았다.

그러나 우수에서 빠져나오는 것은 빨랐다. 반성은 잠깐, 그리고 행동은 빨라야 하는 법이다.

"여기서 정보를 찾기가 글렀다면… 다른 수를 내야겠지."

태민은 생각했다. 어쨌든 보고하는 이가 있을 것이고, 그렇다면 앞으로 그 보고자를 만날 가능성도 있다.

　그게 누구인지 알아내야 어떤 일이 이 홍콩에서 벌어지고
있는지 명확하게 알 수 있으리라.

　'시도는 해봐야 한다.'

　삼합회 지부 하나를 완전히 난장판으로 만들어놓고 사라
지기 전, 낮은 확률이지만 태민은 해보기로 했다.

　파츗!

　잠시 후, 완전히 불이 꺼진 건물에서 나온 그림자 하나가
홍콩의 어둠 아래로 사라졌다.

제5장
폴라리스

이 사람이 뭘 생각하는지 모르겠다.

희라는 옆을 힐끔 보며 그런 생각을 했다. 그녀의 곁에는 당연히 태민이 있었다.

정장을 차려입고, 귀에는 조철호팀과 연결되는 인이어 무전기를 꽂고 있다. 1년 전에는 흔하게 봐오던 모습이었다.

그가 홍콩에서의 경호를 수락해 주었을 때 희라는 기뻤다. 1년 전처럼 그의 보호를 받는다는 거에 일종의 행복까지 느꼈다.

하지만 어젯밤 그는 그러한 경호대상을 두고 밤거리로 사

라졌다가 돌아왔다. 그가 돌아왔다는 사실을 희라는 새벽녘
에 도착한 메시지로 알았다.

　—다녀왔습니다. 아침에 방으로 데리러 가겠습니다.

　그는 메시지대로 아침에 희라의 방 앞으로 와 그녀가 나오
길 기다렸다.
　그의 얼굴을 보는 순간 희라는 묻고 싶었다. 어젯밤 어디를
갔다 왔냐고, 갑자기 조철호 팀장이 데리러 와서 얼마나 놀랐
는지 아냐고.
　하지만 빤히 바라보는 자신에게 무슨 일 있냐고 물어보는
그를 곤란하게 만들고 싶진 않았다.
　아직도 지난 밤 요코가 한 말이 희라의 머릿속을 떠나지 않
은 것이다.

　"태민 씨를 어떻게 생각하죠?"

　희라는 그 말에 대답하지 못했다. 태민을 어떻게 생각하는
지, 무엇 때문에 위기가 닥친 이때 가장 먼저 그를 떠올렸는
지, 그가 곁에 있어줬으면 좋겠다고 생각했는지, 아무것도 결
정을 내리지 못했다.

폴라리스를 찾아가고 있는 지금도 그랬다.

"희라야."

상념에 잡혀 있던 그녀는 사장이 부르고 있다는 걸 뒤늦게 알아챘다.

"예, 사장님."

"무슨 생각을 그리하고 있냐? 너도 긴장했나 보구나."

"뭐, 조금요. 괜찮아요. 왜 그러세요?"

"별건 아니고, 할 이야기는 정리했으니까 쫄지 말자고, 그 말 하려고 그랬다."

사장의 장난스런 말투에 희라는 웃었다.

"그럼요, 쫄지 말아야죠. 걱정 마세요."

"그래, 나야 희라를 믿지."

노바 엔터테인먼트가 생길 때부터 지금까지, 사장은 희라의 판단을 존중해 주었다. 강기수 사건이 일어난 이후로는 전보다 더더욱 그녀를 의지하고 있었다. 그러니 세세하게 그녀의 기분을 챙겼다.

각자 다른 생각을 한 채 차는 도로를 달렸다.

약 십 분 후, 차가 한 빌딩의 지하주차장으로 들어갔다.

부웅— 끼익!

차는 지하주차장에 멈춰 섰다. 빌딩으로 들어가는 입구에는 미리 연락을 받고 마중을 나온 폴라리스 직원들이 나와 있었다.

"어서 오십시오. 환영합니다, 유희라 씨."

정갈한 비즈니스맨처럼 생긴 자가 깍듯하게 예를 차렸다. 폴라리스 측에서 협상을 담당하고 있는 왕챠오엔이라는 사내였다.

여러 번 만난 얼굴이라 희라와 사장은 그와 반갑게 인사를 나누었다.

"올라가시죠. 사장님께서 기다리고 계십니다."

오늘은 폴라리스 사장과의 회의가 기다리고 있었다. 오늘 회의의 결과에 따라 페스타가 홍콩 시장에 진출할 수 있을지 어떨지가 판가름 날 것이다.

희라와 사장, 그리고 노바 엔터테인먼트 직원들이 엘리베이터에 올랐다.

삐익─

워낙 사람이 많다 보니 엘리베이터가 만원이 되었다. 미처 타지 못한 몇 명 중에 태민이 있었다.

"뒤따라 올라가겠습니다."

태민은 엘리베이터 안의 희라와 눈을 마주치며 말했다. 그녀가 미미하게 고개를 끄덕이는 것과 함께 엘리베이터 문이 닫혔다.

천천히 위로 올라가는 엘리베이터를 잠깐 바라본 태민은

남아 있던 직원들을 돌아보았다.

"전 계단으로 가겠습니다."

"네? 10층까지 가야 하는데요?"

"적당히 운동도 되겠군요."

태민은 비상계단 문을 열고 사라졌다.

그가 계단으로 가려는 이유는 따로 있었다.

계단을 올라가며 그는 벽을 훑고 지나갔다. 그리고 계단의 CCTV의 위치, 그리고 벽을 타고 뻗어 나간 뇌기의 흐름을 파악하여 건물의 전체적 구조를 머리에 넣었다.

10층에 도착했을 때, 그의 머릿속에는 이미 벽을 타고 흘러 다니는 뇌기의 도움으로 건물 전체의 형상이 들어가 있었다.

떵!

10층 엘리베이터 문이 열렸을 때, 희라는 놀라고 말았다.

"태민 씨?!"

분명 지하에서 엘리베이터를 먼저 탄 것은 희라인데, 문 앞에는 태민이 서 있었다.

희라뿐만이 아닌 다른 이들도 모두 놀란 얼굴로 웅성거리며 엘리베이터에서 내렸다.

"엘리베이터가 늦군요."

그는 숨결 하나 흐트러지지 않은 채, 뻔뻔한 얼굴로 희라의 뒤에 섰다.

"대체 어떻게……?"

"계단으로."

희라의 의문에도 태민은 간단히 대답하고는 입을 다물었다.

경호원의 자세로 돌아간 그의 태도에 희라도 이내 고개를 끄덕이고는 폴라리스 측 인원들의 안내를 따라 회의실로 들어갔다.

그곳은 큰 회의가 있을 경우 쓰는 곳인 듯, 50명이 들어가도 충분할 정도로 거대한 회의실이었다.

타원형의 거대한 원목 테이블 주변으로 가죽 의자들이 둘러싸여 있다.

전방의 스크린을 두고, 오른편 창문 쪽에 노바 엔터테인먼트 인사들이 앉았다. 맞은편에 폴라리스 측 인원들이 앉자, 마치 기다리고 있었다는 듯 회의실 앞문이 열렸다.

"사장님이십니다."

거만해 보이는, 커다란 체구의 사장이 헛기침을 터뜨리며 폴라리스 측의 상석에 자리했다.

희라의 뒤편에 있던 태민이 재빠르게 사장과 함께 들어온 인물들을 훑었다.

사장은 척 봐도 연예 쪽 일을 할 사람은 아닌 듯 보였다. 사장 자리에 앉아 있지만, 누가 봐도 뒷골목에서 오래 굴러먹은 인상이었다.

그 주변의 비서진 같은 이들도 마찬가지.

하나같이, 소위 주먹깨나 쓰는 인상들이었다.

그중에서 태민은 한 사내에게 주목했다. 양눈이 가늘게 찢어진, 전체적으로 메말랐지만 그 옷 아래에는 탄탄함이 흐르고 있는 사내였다.

스프레이 같은 것으로 넘긴 머리칼에는 한 치의 흐트러짐도 없었고, 덕분에 쉽지 않아 보이는 인상을 상대에게 전달하고 있었다.

그는 회의석이 아닌 사장 뒤쪽의 의자에 착석했다. 태민과 비슷한 입장이라는 말이었다.

그의 몸에서 뇌기가 느껴진다.

'찾았다.'

어젯밤.

삼합회 지부 하나를 쳐부수면서 태민은 조치를 취해놓고 나왔다.

그가 쓰러뜨린, 지부장으로 보이는 사내의 몸에 뇌기를 심어놓고, 누군가가 찾아와 그를 만지면 그의 몸에까지 옮겨가게 한 것이다.

이 수법은 태민으로서도 성공을 장담할 수 없는, 아직은 미숙한 수법이었다.

하지만 옮겨간 뇌기가 만약 폴라리스 측 인물 중 하나에 있다면, 그만큼 훌륭한 증거도 없으리라.

그 증거가 바로 저 사내였다.

미약한 뇌기는 사내의 기세에 눌려 있었다. 그러나 분명하게 그 흐름을 흐트러 놓고 있다.

사내도 역시 내공 같은 것을 익히고 있는 모양이었는데, 그래도 천뢰에 닿은 태민의 감각을 속일 순 없었다.

태민은 깊게 가라앉은 눈으로 사내와, 그리고 회의실 전체의 분위기를 살피기 시작했다.

회의는 시작되었다.

사장이라고 자신을 소개한 그는 그 이후로 딱히 입을 열지 않았다.

회의를 이끌어 나가는 것은 왕챠오엔이라는 자로, 페스타 홍콩 진출에 대한 협상 대표로서 여러 가지를 노바 쪽에 요구했다.

그것들은 모두 상식적인 선이었다.

연예 쪽 일에 밝지만은 않은 태민이 들었을 때에도 무리가 없는, 지극히 일반적인 거래.

“좋습니다. 그럼 저희 쪽 의견은 이렇습니다.”

노바 쪽에서도 의견을 냈다. 미리 정리해 온 서류를 폴라리스 측에 넘기자, 왕챠오엔이 다른 인물들과 서류를 간단히 훑어본 후 고개를 끄덕였다.

"괜찮군요. 서로에게 무리도 없고. 그럼 이대로 계약 확정을……?"

그렇게 말하며, 왕챠오엔은 사장의 눈치를 살폈다.

폴라리스의 사장은 여전히 딱딱한 얼굴이었다. 그리고 그 시선은 좀 전부터 전혀 흔들리지 않고, 오직 희라만을 쳐다보고 있었다.

희라도 그 시선을 느끼고 있었다. 간간이 나서서 설명을 하고 또 저쪽의 설명을 듣는 와중에도, 그 끈끈한 시선은 떨어지지 않았다.

노골적이기까지 한 시선이었지만 일단은 참았으나, 회의가 끝을 알려가는 이 시점까지 이어지자 그녀는 기어코 그 시선을 마주했다.

"무슨 하실 말씀이시라도?"

"듣던 대로 아름답군."

사장은 유려한 영어로 그렇게 말했다.

"감사하군요. 하지만 지금 회의라는 상관없는 말씀이신 거 같은데요?"

"상관없진 않지. 그 아름다움을 홍콩에 전파하고 싶어서 이렇게 우리가 공식적인 자리를 갖고 있는 게 아닌가."

사장의 두터운 눈두덩이 꿈틀거리며 호를 그렸다. 얼굴이 웃는 인상으로, 그렇지만 끈적함은 배로 늘었다.

희라는 닭살이 일어나려는 팔을 테이블 밑에서 붙잡았다. 부들부들 떨리는 손을 억지로 눌러 참으며 그녀는 웃는 얼굴을 만들어 보였다.

"하시고 싶은 말씀이 뭐죠?"

"별로. 그저 홍콩 진출에 관련한 그쪽의 요구를 모두 들어줄 수 있다는 거지."

"그리고요?"

"우리 쪽 요구도 어느 정도 그쪽이 수용해 주었으면 좋겠군."

우리 쪽 요구.

정확히는 공식적 서류에 기록되지 않은, 폴라리스의 사장이 원하는 요구를 말함이다.

희라는 알고 있었다. 그 요구가 무엇인지.

노바의 모든 이가 알고 있었다. 태민마저도.

그렇기에 태진은 얼굴을 굳힌 채 사장을 뚫어져라 쳐다보고 있었다. 그 시선은 노골적이기까지 했지만, 사장은 태민의 그런 시선은 아랑곳하지 않았다.

그래 봤자 그는 경호원. 이 협상에 아무런 영향을 끼치지 못하는 이라고 생각하는 것이다.

대신 희라는 느끼고 있었다.

뒤를 돌아보고 싶은 충동을 참으며 그녀는 꿈틀대려는 안면 근육을 눌렀다.

‘힘을 내야 해. 지면 안 돼.’

태민이 뒤를 지키고 있다. 그것을 떠올리자 희라는 이상하게 팔의 경련이 사라지는 것을 느꼈다. 굳으려던 안면 근육마저 정상을 되찾았다.

“물론 폴라리스 측에서 원하시는 요구도 충분히 수용해 드릴 생각이에요. 단.”

그녀는 폴라리스의 사장을 똑바로 쳐다보았다.

“이 협상 테이블에서 오간 이야기라면요.”

두 시선이 마치 물리적 형태를 가진 듯 테이블 위에서 부딪쳤다.

회의실을 휘감은 분위기가 단숨에 냉각됐다.

희라도 사장도 표정으로는 아무렇지 않았다. 태연하게 호의가 떠도는 얼굴이었으나, 회의실의 모든 이가 알 수 있었다. 두 사람 사이에 떠도는 기세가 엄청나다는 것을.

톡! 톡!

사장이 두터운 손가락으로 테이블을 두들겼다. 시계 초침이 흐르듯 일정하던 그 소리가 어느 순간 뚝 멎었다.

“홍콩에는 언제까지 머무시는지?”

“예정은 3박 4일입니다.”

노바의 사장이 대답했다.

폴라리스 측에서 무언가 소리 죽여 이야기를 하는 듯하더니, 왕챠오엔이 사장의 눈빛으로 허가를 받고 이야기했다.

"그런 이틀 뒤, 출국일 오전에 만나서 최종 계약서에 사인을 하시는 건 어떠실까요."

"……."

희라는 놀랐다.

이렇게 아무렇지 않게 이 기세 싸움이 끝나리라고는 생각지 못했다.

저 근육돼지 사장이 너무나 쉽게 물러나는 것 같아 오히려 껄끄러울 정도였다.

그러나 대놓고 그러한 의문을 드러낼 수는 없다. 그녀가 노바 사장과 눈을 마주친 뒤, 노바 사장이 헛기침을 하면 말했다.

"크흠. 알겠습니다. 그럼 11시쯤 오지요."

"알겠습니다. 계약서는 이쪽에서 준비해 두겠습니다."

그것으로 공식적인 회의는 끝을 맺었다.

폴라리스 사장은 비서진과 함께 일어섰다. 용무가 끝났다는 듯 대번에 자리를 털고 일어나더니, 노바 측에 가볍게 묵례만 하는 것으로 인사를 대신했다.

"홍콩에서 좋은 시간 보내고 가십시오."

짤막한 인사와 함께 사장은 희라에게 눈을 마주치고 회의실을 나갔다.

척척척!

복도에서 비서진이 같이 경호원처럼 사장의 뒤를 따랐다.

엘리베이터를 타고 위층으로 향한 사장은 최고층 사장실로 들어가 문을 닫자마자 돌아섰다.

"그 건방진 년을 내 앞으로 끌고 와라. 오늘 밤 안에."

좀 전, 회의실에서 그나마 예의를 차리고 있던, 비즈니스적인 모습과는 전혀 달랐다.

그 명령에 나선 것은, 태민이 주목하고 있던 사내였다.

그는 고개를 숙이며 말했다.

"준비는 해두었습니다. 하지만 사장님, 정말로 실행에 옮겨도 되겠습니까?"

"뭐냐, 명령에 반항하는 것이냐?"

"그런 것은 아닙니다."

그가 고개를 들었다.

"어젯밤, 저희 지부 중 하나가 무너졌습니다. 부하들의 증언을 듣자니, 노바 측이 데려온 경호원 중 한 명이라고 합니다."

"그래서?"

"실력이 저희가 상정하던 것보다 훨씬 뛰어나다는 것은 인정해야 할 것 같습니다."

"요점만 말해라."

폴라리스의 사장, 현재 삼합회를 이끌고 있는 대형 청바오의 세 아들 중 하나인 청우룽이 기세를 펼쳤다. 거구에서 뿜어져 나오는 기세는 쉰을 바라보는 나이라고 하더라도 전혀 청년에 밀리지 않았다.

"저희 쪽에 어느 정도 피해를 예상해야 한다는 말입니다."

"그래서, 데리고 오지 못하겠단 말이냐?"

"아닙니다."

"그럼 왜 딴 말이지?"

청우룽이 사내의 앞으로 다가와 그의 이마를 손가락으로 쿡쿡 찔렀다.

"잔말 말고 명에 따라라. 어느 정도의 피해 같은 것을 내가 신경이라도 써야 한다는 건가?"

"…명에 따릅니다."

사내는 고개를 숙이고, 다른 비서진과 함께 밖으로 나갔다.

청우룽은 불만스러운 듯 인상을 찡그린 채 소파에 털썩 주저앉았다. 그의 거구를 견디지 못한 소파가 끼익 소리를 질렀지만, 그는 가볍게 무시하고 서랍에서 쿠바산 고급 시가를 꺼내 입에 물었다.

청아한 향기가 피어오르고, 청우룽의 입매가 비틀렸다.

"네년을 반드시 내 무릎 사이에 꿇어앉히고 말겠다. 건방
진 년."

*　　　*　　　*

"이상해요."

엘리베이터 안.

희라가 그렇게 뜬금없이 말하자 옆에서 태민이 흘끔 그녀
를 쳐다보았다.

그러나 그녀는 뒷말을 잇진 않았다. 지금 엘리베이터 안에
는 그녀와 태민, 사장 이외에도 노바 스태프들이 있었다.

셋과 일부를 제외하고 폴라리스 측에서 은연중에 제시해
온 조건을 모르는 이들이 있다. 그들 앞에서 함부로 입을 열
수는 없었다.

띠링—

주차장의 엘리베이터가 열리고, 문 앞에는 먼저 내려간 경
호팀이 있었다.

"차, 준비해 두었습니다."

조철호 팀장이 손짓한 출구 쪽에 시동이 켜진 차들이 있었
다.

조철호 팀장이 앞차, 서기원이 뒷차, 그리고 태민이 중간의

차의 운전을 맡기로 되어 있었다.

희라와 사장을 차에 태우고, 태민이 운전석에 올랐다. 조철호 팀장이 운전하는 앞차의 속도에 맞춰 태민이 지하 주차장을 벗어나 도로로 올라섰다.

"이상하다구요, 아무래도."

그제야 희라가 엘리베이터서 내뱉었던 말의 뒤를 이었다. 태민은 룸미러를 힐끔했다.

"뭐가 말입니까?"

"그 사장 말이에요. 이름이 뭐였지, 청우룽이었던가요? 이렇게 쉽게 사인하자고 할 사람이 아니라고요."

"생각이 바뀐 거 아닙니까?"

"고작 며칠 사이에 생각이 바뀔 거라고 생각하나요, 태민 씨는?"

내뱉고 나서도 그게 얼마나 희망적인 관측인지 태민 스스로도 알고 있었다.

저런 부류의 인간들은 스스로가 가진 힘으로 남을 짓밟고 원하는 것을 빼앗는 데에 익숙한 사람들이다.

자신이 힘을 가지고 있는데 원하는 것을 가지지 못한다는 사실을 이해하지 못하는 부류이기도 하다.

그렇기 때문에 희라의 의문은 정확한 것이었다.

"우리 쪽에서 극구 거절했기 때문에 포기한 건 아닐까?"

사장도 일단 그렇게 생각하고 싶은 모양이었다. 하지만 정작 말하면서도 입맛을 다셨다.

"그럴 리는 없겠지만. 쯧."

"어떡하죠?"

"무슨 꿍꿍이인지 알 수가 없으니 결론을 내리기는 힘들구나."

"궁금한 게 있었습니다."

우회전을 위해 1차선으로 바꾸며 태민이 말했다.

"지기 싫다는 마음을 알겠습니다만, 이 정도로 저쪽에서 요구하는 수준이 힘들다면 다른 기획사를 찾는 게 낫지 않습니까?"

"우리도 당연히 그렇게 생각했어요. 하지만 이쪽 시장이 우리나라처럼 그렇지가 않더라고요."

한국에도 대형기획사가 있고, 그러한 기획사들이 힘을 쓰면 방송국이든 제작사든 중소 기획사든 제대로 활동하지 못하는 경우도 왕왕 있다.

그러나 그것은 어디까지나 비즈니스적인 세력 다툼이라 할 수 있다.

그에 비해 홍콩은 다르다. 아직 삼합회 같은 어둠의 조직이 줄을 잡고 있는 기획사들이 있어, 그들은 실질적인 무력까지 동원한다.

단순히 비즈니스적 암투가 아닌, 조직 간의 싸움 같은 물리력마저 행사하는 것이다.

폴라리스의 요구를 듣고 노바 측에서도 다른 기획사를 수소문했다.

그러나 그들은 모두 노바의 제안을 거절했다. 그 단호한 태도가 이상하여 알아보니 그 뒤에서 폴라리스, 아니 삼합회가 힘을 쓰고 있음을 어렵지 않게 알 수 있었다.

희라는 미간을 찌푸렸다.

"아무도 우리와 손을 잡으려고 하지 않아요. 작은 회사부터 큰 회사까지 전부. 폴라리스가 그들을 모두 흔들고 있어요."

"음… 결국 홍콩 진출을 위해서라면 어떻게든 폴라리스가 포기하게 해야 한다는 거군요."

태민이 고개를 끄덕였다. 그가 부드럽게 우회전을 하여 도로를 올랐다.

내비게이션이 반짝이며 고가도로를 타도록 신호했다. 호텔로 돌아가는 길이 온 길과는 조금 달라서 태민은 조심스럽게 속도를 떨어뜨려 안전하게 운전하기로 했다.

"아니."

그때 사장이 말했다.

"아직 포기하기엔 이르다."

그는 핸드폰을 내려다보고 있었다. 희라가 옆자리의 사장을 힐끔 쳐다보았다.

"포기하기엔 이르다니요?"

"크리스탈에서 연락이 왔어. 오늘 만나자는데."

"네? 크리스탈요?"

크리스탈은, 폴라리스 이외에 홍콩 진출의 교두보로 삼기 위해 노바에서 알아본 기획사 중 하나다.

폴라리스에 비해서는 턱없이 작은 규모이긴 하지만, 최근 몇 명의 가수를 성공적으로 데뷔시키며 홍콩 시장에서 입지를 올리고 있는 기획사였다.

물론 크리스탈의 제안을 거절한 곳이기도 했다.

"거절했었잖아요? 폴라리스의 눈 밖에 나는 일은 피하고 싶다고."

"그랬었지. 그런데 일단 계속 제안서는 넣고 있었는데, 우리가 홍콩에 들어왔다는 소식을 들었나 보다. 오늘 만약 시간 되면 은밀하게 만나자는구나."

사장이 희라에게 문자를 보여주었다. 시간은 지금으로부터 30분 후. 크리스탈에서 예약해 둔 레스토랑의 위치가 표시되어 있었다.

"그렇다면 설마……?"

"우리에게 다른 방법이 생긴다는 거지. 태민 씨, 고가도로 지나면 잠깐 세워줘요."

"네."

"잠깐만요. 혼자 가시려고요?"

태민이 고가도로를 빠져나와 도로 한쪽에 차를 정차했다. 무전기로 먼저 고가도로를 빠져나간 조철호 팀장에게 알리고, 뒤쪽 서기원의 차에도 알렸다.

"희라, 넌 이대로 태민 씨와 같이 호텔로 돌아가라. 난 조철호 팀장 차를 타고 갔다 오마. 뒤쪽 차에도 알리지 마."

"저도 같이 갈게요."

"아니, 넌 이미 너무 많이 나섰어. 네가 직접 움직이면 더 눈에 띌 거야. 태민 씨, 앞차에 만나자고 연락하세요."

사장의 말이 맞다. 희라는 그래도 홍콩에서도 어느 정도 얼굴이 알려진 가수. 아무리 은밀하게 만난다고 하더라도 어디서 정보가 셀지도 모른다.

희라는 그것을 납득하고 알겠다고 말했다.

"조심하세요. 그리고… 좋은 소식 기다릴게요."

"나도 그랬으면 좋겠다."

사장에게 있어서 희라는 어려운 시기부터 함께 시작해 여기까지 이루어온, 일개 가수가 아닌 가족 이상의 존재였다.

사적으로는 여동생으로도 생각하고 있는데, 그녀의 몸을 대가로 요구하는 폴라리스가 좋게 보일 리가 없다.

“조심히 돌아가거라.”

조철호 팀장이 운전하는 차와 만나 사장이 그쪽으로 옮겨 탔다.

그들의 차를 먼저 보낸 뒤 태민이 다시 차에 올랐다.

뒷좌석에 있던 희라가 어느새 조수석으로 옮겨와 있었다.

“뒤에 혼자 타고 있어도 쓸쓸해요.”

오늘 큰일도 있고 했으니 태민은 별다른 말을 하지 않았다.

주변을 둘러보다 바로 앞에 편의점이 있는 것을 보고 태민은 커피를 사 왔다.

“마셔요.”

“아, 고마워요.”

다시 시동을 걸고 출발하며 그가 말했다.

“호텔까지 오래 걸리진 않겠지만 눈 좀 붙이려면 붙이세요. 피곤할 텐데.”

“커피 주고 눈 붙이라니, 어쩌라는 거예요?”

“두 가지 선택지 중에 아무거나 선택하라는 거죠.”

태민의 농담 아닌 농담에 희라가 피식 웃었다. 그녀는 그가 사다 준 캔커피를 열어 한 모금 마시고는 긴 호흡을 내뱉었다.

“후우우. 영광으로 알아요. 한국 최고의 걸그룹 리더를 옆에 태우고 드라이브하는 거니까.”

"음, 드라이브라기보다는 업무입니다만."

"시끄러워요. 빨리 가요."

"알겠습니다."

사장이 있을 때의 그녀와, 태민과 단둘이 있을 때의 그녀의 말투가 조금 다르다는 것은 태민 스스로도 알고 있었다. 그렇지만 그는 의식하지 않는 듯 부드럽게 차를 출발시켰다.

"호텔까진 얼마나 걸려요?"

"내비게이션은 15분 정도 걸린다고 하는군요. 그런데 차가 좀 막히는 거 같으니 그보단 더 걸릴 겁니다."

"천천히 가죠, 뭐. 그나저나 뒷차가 안 따라오네요."

"그러게나 말입니다. 무전 한 번 더 해보죠."

태민이 귀에 손을 대고 뒷차를 불렀다. 그러나 이번에도 역시나 기원에게서는 답변이 돌아오지 않았다.

이곳에서 잠깐 만나자는 연락을 보냈을 때도 답이 오지 않았는데, 무언가 이상하다.

차가 신호 때문에 잠시 멈춘 틈에 태민은 전화를 꺼냈다. 옆에서 캔커피를 홀짝이고 있던 희라가 눈을 동그랗게 뜨고 그를 쳐다보았다.

"……."

신호는 간다. 하지만 전화는 받지 않는다.

치직—

태민은 무언가 간질간질한 느낌이 뇌리를 타고 오름을 느꼈다.

익숙한 느낌이다.

위기가 찾아오는, 그것을 알리는 천뢰의 신호다.

부웅—!

핸드폰을 집어넣은 태민이 갑자기 차의 속도를 올렸다. 커피를 한 모금 마시다가 갑작스런 가속에 켈록 하고 기침을 한 희라가 외쳤다.

"가, 갑자기 왜 그래요?"

"뭔가 심상찮은 일이 벌어지는 것 같습니다. 빨리 호텔로 돌아가겠습니다."

"심상찮은 일이라뇨?"

"저도 모릅니다. 하지만……."

태민은 침을 삼켰다.

순간적으로 머릿속으로, 폴라리스 회의실에서 만난, 뱀처럼 찢어진 눈을 가진 사내가 떠올랐다.

"…좋지 않은 일이라는 것만은 분명합니다."

하늘이 어둑어둑했다.

제6장
먹구름이 끼다

"…저어."

기원이 막 핸들을 틀어 좌회전을 하고 있을 때, 옆자리에 앉아 있던 노바 직원이 입을 뗐다.

"아무래도 이상한데요."

"예? 뭐가 말입니까?"

"이 내비게이션이요. 정확하게 가고 있는 거 맞아요?"

그의 말에 기원은 내비게이션을 힐끔 바라보았다.

붉은 화살표가 갈 길을 지시해 주고 있었고, 좀 전부터 계속 그렇게 향하고 있었다.

"뭐가 이상합니까?"

"좀 전부터 앞차가 전혀 보이질 않잖아요."

하긴, 고가도로를 몇 개 넘으면서 앞차를 놓치긴 했다. 그래도 무전이라든지 연락도 없는 걸 보니 틀린 길을 가고 있는 것 같진 않다.

조철호 팀장은 내비게이션도 정확히 믿지 않는 사람이고, 그리고 미리 루트를 살펴 자신이 안내하겠다고 한 사람이기 때문에 뒷차와 거리가 벌어지는 것 같으면 연락을 해왔다.

조사한 루트와 내비게이션의 결과가 별다를 게 없었기 때문에 기원은 그래서 앞차를 놓쳤지만 내비게이션이 지시하는 대로 가면 호텔이 나오리라 여기고 있었다.

"고장 난 것 같지는 않으니 괜찮을 겁니다. 아니면 한번 앞차에 연락해 보겠습니다."

기원은 인이어 마이크에 손을 댔다.

치익.

치이이익.

"음?"

몇 번 톡톡 인이어를 두들겼지만 영 반응을 하지 않는다.

신호를 받아 잠깐 차가 정차한 틈을 타 그가 허리춤의 무전기 본체를 꺼냈다.

"왜 그래요?"

"아, 무전기가 안 되는 거 같아서 말입니다."

주파수를 몇 번 다시 조절하고 무전을 재시도했지만, 역시나 먹통이다.

신호가 곧 바뀌어 차는 출발해야 했다.

"제가 사장님께 연락을 해볼게요."

직원이 핸드폰을 꺼냈다.

"어라?"

그러나 곧장 표정이 이상해졌다.

"핸드폰 주파수가 안 잡히는데요. 홍콩은 전파가 약한가?"

그는 허공에서 핸드폰을 움직이며 안테나 표시를 살폈다.

그러나 여전히 전파가 닿지 않는다는 팝업창만 계속해서 액전에 출력됐다.

결국 뒷좌석의 직원들에게도 협조를 요청했다. 놀랍게도,

"어라, 저도 안 되는데요."

"저도요."

모두의 핸드폰이 터지지 않는다.

그것은 차가 이동을 해도 마찬가지였다. 그들 전부의 핸드폰, 그리고 무전기까지 모든 것이 먹통이었다.

“……?”

의문이 차 안을 지배했다. 갑작스런 이 사태가 우연이라고 생각하는 사람은 단 한 명도 없었다.

끼익!

좌회전을 하자마자 멈춰 선 기원이 안전벨트를 풀고 내렸다.

“어, 어디 가세요?”

“잠깐 기다려 주십시오. 저기 공중전화가 있으니까 저걸로 해보겠습니다.”

기원은 서둘러 달려가 빈 공중전화 박스에 들어갔다.

차 안의 직원들이 그 모습을 초조하게 지켜보고 있는 사이, 막 수화기를 잡으려던 기원의 품속에서 멜로디가 울렸다.

띠링—

그것은 한 번이 아니었다.

띠링— 띠링— 띠링—

그가 허겁지겁 핸드폰을 꺼냈다.

조철호 팀장에게서 온 것이었다. 무전과 전화 연결이 되지 않는 것 같은데 메시지 보는 대로 연락하라는 내용이 연속으로 도착해 있었다.

“안테나가 전부 떠 있잖아?”

드디어 핸드폰이 터지는 모양이었다. 그는 곧장 공중전화 박스에서 나와 조철호 팀장에게 전화를 걸었다.

"여보세요. 어디야, 너?"

"팀장님! 드디어 연결이 됐군요!"

"뭐? 무슨 말이야? 너 전화는 왜 안 돼. 무전도 그렇고."

"그러니까 말입니다. 이상해요. 지금 저만이 아니고 차에 탄 다른 직원들도 전부 안 됩니다!"

"뭐라고?"

"그래서 지금 공중……."

거기까지 말했을 때, 갑자기 뚝 하고 통화가 끊겼다.

삐빅!

갑자기 울려대는 알림음에 기원이 놀라 액정을 보았더니, '전파가 닿지 않음'이라는 팝업창이 확인을 눌러주길 기다리고 있었다.

기원은 황당하다는 시선으로 눈을 들었다.

공중전화 박스에서 나와 그는 차로 돌아오고 있었다. 핸드폰이 터지니 굳이 공중전화를 이용할 필요가 없기 때문이다.

차에서 몇 발 앞, 그런데 거기서 통화가 끊겼다.

전파가 닿지 않는다고.

"무슨 일이에요? 전화 돼요?"

조수석의 직원이 창문을 내리고 물어왔다. 기원은 그를 잠깐 쳐다보았다가, 황당하게 표정이 일그러졌다.

"잠시, 잠시만 있으세요."

그는 핸드폰을 내려다본 채 천천히 뒤로 물러섰다. 차에서 반대편 방향.

몇 발 가지 않았을 때,

'안테나가!'

안테나가 연결됐다. 그 몇 발 사이에 전파가 도로 닿은 것이다.

기원은 다시 전화를 걸었다.

"팀장님! 큰일입니다!"

"뭐야? 대체 무슨 일이야?"

"아무래도 저희 차에 전파 방해 장치가 되어 있는 것 같습니다."

기원의 결론은 그러했다.

"뭐라고?"

다행히도 차는 멈춰 있었기 때문에 그 발언에 영향을 받지 않았다. 아니, 조철호 팀장 정도 되는 연륜이라면 쉽게 영향을 받진 않을 것이다.

중요한 건 그게 아니다.

"다시 한 번 말해라. 뭐라고?"

"전파 방해 장치 말입니다. 뭔진 몰라도 조금 전까지 차 안에서는 무전도 핸드폰도 안 되다가, 차에서 내리니까 핸드폰이 터집니다. 무전도 똑같겠죠."

"그래서, 너 지금 어디냐?"

"정확히는 모르겠습니다. 아무래도 내비게이션도 영향을 받는 것 같아서요."

"일단 확인해. 차 구석구석 확인해서 수상한 거 있으면 찾아서 연락하고."

"알았습니다."

몇 가지 당부를 더 하고 조철호 팀장은 전화를 끊었다.

때마침 주차장의 바가 올라갔다. 그는 부드럽게 차를 지하 주차장으로 이끌었다.

"무슨 일입니까?"

뒷좌석에 앉아 있던 노바 사장도 이상하다는 것을 눈치챘다.

"서기원이 뭔가 이상한 점을 발견한 모양입니다. 정확한 것을 알게 되는 대로 연락 준다고 했으니, 사장님께서는 걱정하지 마십시오."

"음… 걱정할 문제인 것 같은데 말입니다."

이번 홍콩행은 여러 가지 위험을 안고 있다. 홍콩의 마피아

삼합회를 상대해야 한다는 것을, 그것이 얼마나 위험한 일인지를 사장도 잘 알고 있기 때문에 이 미팅도 이렇게 조심하고 있는 것이다.

같이 온 직원들은 일단 아무것도 묻지 않고 사장의 지시대로 다른 층에 내려서 식사를 하기로 했다.

조철호 팀장과 사장만이 엘리베이터를 타고 최상층까지 올라갔다.

이곳은 홍콩에서 유명하다는 중국식 레스토랑이 있는 곳이었다.

고층 빌딩에서 내려다보는 홍콩의 야경이 유명한 곳이라고 이야기를 들었으나, 오늘은 그 야경을 즐길 시간이 없었다.

조철호 팀장이 레스토랑 지배인에게 이름을 이야기하자, 그가 고개를 끄덕이고는 안쪽으로 둘을 안내했다.

이제 막 저녁 시간에 들어갈 무렵이라 그렇게 사람이 많진 않았다.

그들은 테이블 사이를 지나 안쪽의 룸으로 안내되었다.

여섯 명 정도가 앉을 수 있는 곳에는 아직 아무도 없었다.

"식사는 어떻게 할까요? 예약은 되어 있습니다만."

"일행이 오면 그때 내주십시오."

조철호 팀장이 그렇게 이야기하자 지배인은 깍듯하게 예를 차리더니 물러났다.

"그럼 전 밖에서 대기하고 있겠습니다."

"아, 오려면 좀 더 기다려야 할 것 같으니 그때까진 같이 있으십시다. 이 큰 방에 혼자인 것도 별로잖습니까."

사장의 말에 조철호 팀장은 엉덩이를 떼려다가 다시 붙였다.

사장과 준비된 차를 나누며 조철호 팀장은 룸 여기저기를 살폈다.

심플한 인테리어에 대비되는 방음으로 바깥의 소리도 제대로 들리지 않았다. 비밀스런 이야기를 하기에는 좋은 곳이었다.

잠깐 일어나 세심하게 벽을 살핀 그가 다시 자리에 앉았다.

"뭔가 숨겨져 있는 것 같진 않습니다."

"숨겨져 있다니요?"

"음, 확신할 순 없습니다만……."

그는 말을 끝마치지 못했다. 품속에서 핸드폰이 진동을 했기 때문이다.

기원이었다. 사장에게 양해를 구하고 그가 전화를 받았다.

"팀장님, 찾았습니다."

"뭐라고?"

"뒷바퀴 쪽에 작은 것이 하나 붙어 있었습니다. 떼어내서 부수고 일단 회수했습니다. 다른 것은 없는 듯합니다."

"그래, 알았다. 수고했어. 빨리 호텔로 돌아가서 태민이와 합류해라. 태민이한테도 알려주고."

"예. 팀장님은 어디십니까?"

"난… 나중에 알려주마."

통화를 끊었다. 돌아보자 사장의 표정이 심각해져 있었다.

"무슨 일이 있는 거죠?"

"아무래도… 그런 것 같습니다. 뒷차 쪽에 전파 방해 장치가 있었다고 합니다. 그래서 전화나 무전 같은 것이 일체 되지 않던 겁니다."

"전파 방해 장치? 누, 누가 그런 걸?"

연예업 쪽에서 줄곧 일해온 사장으로서는 익숙치 않은 단어였다.

조철호 팀장은 얼굴을 굳히고 말했다.

"심증은 확실합니다만, 일단 회수된 기기로 조사해 보겠습니다. 뭔가 일이 있는 것만은 분명해 보입니다. 우선은 이 미팅에 집중하시지요."

"그, 그래야지요……."

사장의 얼굴도 굳었다. 하지만 조철호 팀장은 그것을 어떻게 풀어주지는 못했기에, 잠시 그를 혼자 두고 머리를 굴렸다.

'대충 이야기는 들었으니… 이런 짓을 한 건 분명 폴라리스 쪽일 거야. 주차장에 차를 대었을 때 붙여놨겠지. 이유는 우리들을 전부 흩어지게 하기 위해서인 것 같은데, 대체 왜…….'

순간 조철호 팀장의 눈빛이 번뜩였다.

'설마! 희라 씨를 노리고……?!'

폴라리스의 목적은 분명하다. 유희라. 자세한 이야기를 듣진 못했지만, 밀착경호팀장인 그가 완전하게 모르진 않았다.

쉬쉬하는 소문일수록 속도가 빠른 법이다.

"사장님, 잠시 통화 좀 하고 오겠습니다."

"아, 그러세요."

조철호 팀장은 룸 밖으로 나가, 아예 레스토랑을 벗어났다.

그는 곧장 태민에게 전화를 걸었다.

뚜르르르—

그러나,

뚜르르—

연결음만 들릴 뿐 통화는 이루어지지 않았다.

세 번 연속으로 실패하자 조철호 팀장은 방향을 바꿨다.

"아, 팀장님?"

기원이 운전 중에 전화를 받았다.

"어디쯤 갔냐, 호텔이냐?"

"아뇨, 그게, 내비게이션이 이제야 제정신으로 돌아왔습니다. 15분 정도 남았다는군요. 왜 그러십니까?"

"서둘러라. 빨리 가서 호텔에 태민이랑 유희라 씨가 돌아왔는지 확인해."

"네? 그게 무슨……?"

기원은 약간의 사정조차 알지 못한다. 조철호 팀장이 굳이 알리지 않았기 때문이었다.

"아무튼! 가는 대로 확인해서 연락해라. 알았지?"

"예, 예! 알겠습니다."

전화를 끊고 그는 룸으로 다시 돌아갔다. 이 일은 사장에게 보고해야 했다.

그러나 룸으로 돌아오기도 전에, 사장이 룸 문을 열고 밖으로 나오다 그를 발견했다.

"아, 조 팀장! 큰일 났습니다!"

사장이 허겁지겁 달려와 말했다.

"갑자기 크리스탈 쪽에서 오늘 못 나오겠다고 방금 전화가 왔습니다! 식사는 예약해 놓았으니 죄송하니 그거라도 먹고 그냥 돌아가래요!"

조철호 팀장의 머릿속에서 연달아 일어난 사건이 하나로

이어졌다.

'분명하다.'

그가 말했다.

"사장님, 희라 씨에게 아무래도 위험한 일이 생길 것 같습니다."

"네, 그, 그게 무슨?"

조철호 팀장은 일단 다시 룸으로 사장을 데리고 가 앉혔다. 그가 지금까지 일어난 일들을 설명하자 사장의 안색이 파리해졌다.

"네, 네? 희, 희라가… 뭐라고요?"

"저도 자세한 건 알 수 없습니다. 태민이하고 연락이 되기 전까진. 하지만 무슨 일이 생길 가능성은 충분합니다. 한 가지만 여쭙겠습니다."

"그, 그러세요."

"폴라리스와 노바 사이에서, 이번 홍콩 진출 건 외에 무슨 일이 있는 겁니까?"

핵심을 관통하는 질문. 어느 정도 윤곽을 알고 있기 때문에 할 수 있는 질문이었다.

사장의 안색이 하얘졌다가 발개졌다가, 결국 도로 파리해지더니 그가 고개를 푹 숙였다.

"후우……. 나쁜 생각을 하고 싶진 않지만……."

"그건 저도 마찬가지입니다. 조금 듣긴 했습니다만… 설마 그게 진짜입니까?"

"맞습니다. 폴라리스가, 그놈들이 유희라의 몸을 원합니다."

흔히 말하는 성상납.

한국의 연예계도 없다고는 못하는 그것을, 폴라리스가 유희라에게 요구한 것이다.

"정확히는 폴라리스가 아니라… 그 뒤쪽에 있는 것들입니다."

"그 뒤쪽?"

"삼합회… 라고 불리더군요."

조철호 팀장의 눈이 크게 떠졌다.

삼합회라니, 이야기로만 듣던 이름이 들린 것이다.

하지만 그의 동요는 빠르게 가라앉았다. 그는 곧장 일어섰다.

"우선 호텔로 돌아가시지요. 가면서 최대한 태민이에게 연락이 닿도록 하겠습니다."

"아, 알겠습니다."

그들은 서둘러 레스토랑을 빠져나갔다. 고가의 코스 요리는 머릿속에 존재하지도 않았다.

'태민아, 너만 믿는다!'

조철호 팀장은 이를 악물었다.

＊　　＊　　＊

태민은 연락을 받지 못했다.

정확하게 말하자면 연락을 받을 정신이 없었다.

그가 룸미러를 힐끔 보고 차선을 바꾸었다. 그리고 사이드 미러를 확인한 뒤, 다시 한 번 룸미러를 보았다.

"누군가 미행하고 있습니다."

"네?"

조수석에 있던 희라가 흠칫 놀라 뒤를 돌아보려 하는 걸 태민이 제지했다.

"그냥 앞을 보고 있으세요. 저쪽에서 우리가 안다는 걸 눈치채도 곤란합니다."

태민은 내비게이션을 확인했다. 좀 전부터 이상하다고 생각은 했지만, 내비게이션상으로 호텔이 전혀 가까워지지 않고 있었다.

그는 기억을 더듬었다.

폴라리스를 찾아갔던 기억을 거꾸로 떠올리고, 어젯밤 홍콩의 거리를 헤맸던 기억까지 찾았다.

호텔 위치를 찾기란 꽤 까다로웠지만, 표지판까지 확인하고 태민은 방향을 잡았다.

"따돌리겠습니다."

희라가 긴장한 얼굴로 안전벨트를 꽉 붙잡았다.

그 순간, 불시에 태민이 핸들을 옆으로 꺾었다. 2차선에 있던 차가 3차선에서 붙어 오고 있던 뒷차를 무시한 채 도로 옆 샛길로 빨려 들어갔다.

빠앙—!

경적 소리를 뒤로하고 태민은 샛길을 내달렸다.

엔진이 순식간에 빨라지는 사이, 태민은 브레이크를 밟으며 다시 핸들을 꺾었다.

더 좁은 골목으로 차가 진입했다.

홍콩까지 와서 차를 이렇게 내달릴 줄은 몰랐지만, 그래도 가디언 교육원에서 받았던 운전 교육이 여기서 빛을 발했다.

물론 천뢰에 닿은 뒤 온갖 전기적 신호를 체감할 수 있게 된 태민의 재능 덕택이기도 했다.

부아앙—!

태민은 20미터 앞의 모든 자기장을 머릿속에 레이더처럼 파악하고 핸들을 꺾었다.

다음 순간, 태민의 차가 다시 한 번 오른쪽으로 꺾이며 전혀 다른 차도로 튀어나왔다.

머리 위쪽으로 고가도로가 지나갔다.

태민은 그 밑을 가로로 가로질러 빨간 불로 멈춰 있는 차들 맨 앞에 끼어들었다.

"태, 태민 씨! 차!"

반대편 차에서 우회전 신호를 받고 있던 차가 갑자기 나타난 태민을 옆에서 들이받으려 했다.

부웅—!

그 순간, 태민은 미끄러져 들어온 관성을 이용해 곧바로 차를 다시 급출발시켰다.

끼익!

날카로운 타이어 소리를 남기고 태민의 차가 간발의 차이로 옆쪽 도로로 뛰어들었다.

우우웅……!

어느새 먹구름이 잔뜩 낀 하늘 아래에서 잠깐 벌어졌던 카액션에 희라가 안전벨트를 꽉 붙잡은 채 숨을 허덕댔다.

"따, 따돌렸어요?"

"모르겠습니다."

태민은 긴장을 늦추지 않고 도로를 내달렸다.

그 이후로 몇 번이나 차를 이동시켰다. 호텔이 있으리라 짐작되는 방향 자체는 바꾸지 않고 달리기를 10여 분.

진작에 호텔에 도착했어야 할 시간이었지만 그들은 아직

도로 위에 있었다.

그리고 불행하게도,

"여전히 따라오고 있군요."

정체 중인 도로 위에서 좌측 세 대 정도 뒤에 있는 차의 번호판을 확인한 태민이 혀를 찼다.

"어떡하죠?"

긴장이 흐르는 희라의 얼굴을 잠깐 보고, 태민은 휴대폰을 꺼냈다. 시간이 있는 지금 조철호 팀장에게 연락을 하려는 시도였으나,

"연결이 안 되는군요."

내비게이션이 이상할 때부터 대충 짐작은 했지만 역시 전파 방해 같은 짓도 해놓은 모양이었다.

"제 폰도 그러네요. 이게 무슨 일이죠, 대체?"

희라는 아직 자신이 어떠한 일을 당하고 있는지 자각하지 못하고 있었다.

그것이 당연하다. 폭력세계에 대해서는 일반인에 해당하는 그녀로서 미행을 당하고 내비게이션을 조작하고 하는 이야기는 영화 속에서나 보던 일이었다.

그것을 지금 자신이 체험하고 있다는 것도 제대로 모를 만큼 현실감이 없는 것이다.

태민은 그렇다고 그녀에게 그 현실을 깨달으라 하고 싶지

않았다.

세상엔 모르는 것이 좋은 것도 있다. 그것이 지난 몇 달간 세계를 돌아다니며 태민이 알게 된 것이다.

"뭔가 차에 문제가 생긴 것 같군요. 갑자기 막 움직여서 그런가."

"막 움직인다고 핸드폰이 안 터진다고요?"

"요새 차들은 너무 신식이라 나쁜 전파를 뿜어낸다고도 하더라고요."

되는대로 둘러대는 그 말이 통했는지는 모르겠지만, 희라가 갸우뚱거리면서도 더 이상의 질문을 하진 않았다.

태민은 신호가 아직 여유가 있다는 것을 살피고, 핸들을 잡은 손에 감각을 집중했다.

파직―

옆자리의 희라는 갑자기 등골이 오싹해지는 감각에 흠칫 놀랐다.

주변을 둘러보는 그녀에게는 보일 리가 없다. 지금 태민의 전신에서 뻗어 나간 푸른 선이.

그 푸른 선은 마치 그물처럼 자동차 전체를 감쌌다.

스마트폰 시대가 도래하며 자동차에도 그 기술이 적용되었다.

각종 전자기기가 자동차에 적용되어 차 안에서도 사람은

어디서나 인터넷을 사용할 수 있을 정도가 되었다.

고로, 인터넷 방화벽을 깰 수 있다면 외부에서 차를 지배하는 것도 가능하다는 말이다.

태민은 그 정도 고성능의 장치가 되어 있으리라고는 생각지 않았다. 그러나 분명 차 어딘가에 전파 방해 장치 같은 것이 있으리라 여겼다.

차란 본래의 전기 흐름이 있다. 단순히 기름을 가스화시켜 불꽃으로 터뜨려 엔진의 힘으로 바퀴를 굴리던 시대와는 다르게, 차체 곳곳에 전류의 선이 흐르는 것이다.

전파 방해 장치가 있다면 그 흐름에 어긋나는 부분이 분명히 느껴질 것이다.

'있다……!'

좌측 뒷바퀴 바로 옆. 이질적인 무언가가 걸린다. 미약하게 전류를 뿜어내는 것이 차체의 전기 흐름과 상관없이 활동하고 있었다.

태민은 핸들을 고쳐 잡고 차선을 바꾸려 했다.

그러나 그 순간 또 다시 신호가 바뀌어 도로 한중간에 발이 묶이고 말았다.

'쳇.'

혀를 찬 태민이 주변을 둘러보았다. 차 밖으로 도로를 메우고 있는 차들을 밀치고 나아갈 길은 보이지 않는다.

후방도 살피지만 당장 수상한 차들이 활동을 할 것 같진 않았다. 저들도 지금으로선 방법이 없을 것이다.

호텔로 가는 길이 왜 이리 먼 건지 혀를 차면서 태민이 희라를 쳐다보았다.

긴장한 얼굴이던 그녀가 태민의 시선을 느끼고는 다른 의미로 긴장하기 시작했다.

"왜, 왜요?"

태민의 얼굴이 갑자기 다가온다. 그녀의 얼굴에 홍조가 돌기 시작했다.

'이, 이 남자가?!'

지금이 어느 때라고! 갑자기 이런 때?!

지척까지 다가온 태민의 얼굴에 희라가 질끈 눈을 감아버렸다.

얼굴 아주 가까운 곳에서 체온이 느껴진다. 심장이 갑자기 쿵쾅쿵쾅 뛰어대는 것을 희라는 첫 데뷔 무대 이후로 처음 느꼈다.

"긴장하지 않아도 됩니다."

그때, 태민이 말했다. 희라가 흠칫 눈을 떴다.

"금방 해결할 테니까."

태민의 손이 희라의 앞을 지나, 그녀가 앉아 있는 조수석 문에 닿아 있었다.

허리를 숙이고 있어 여전히 태민의 얼굴이 희라의 눈앞에 있었다.

"아, 그래도 잠깐 눈은 감아주십시오."

희라는 심장이 제자리로 돌아가는 것을 느끼며, 그가 시키는 대로 다시 눈을 감았다.

태민을 숨을 몰아쉬고, 감각을 집중했다.

별달리 어려운 일은 아니다. 다만 핸들에서부터 뻗어 나가기엔 전격을 섬세히 컨트롤하기 힘들어서 가장 가까운 루트를 선택했을 뿐이었다.

'일단 저것부터 없애고.'

뭔진 모르겠지만 뒷바퀴 쪽에 붙어 있는 기이한 물체를 부수는 것에 태민은 전격을 사용했다.

파직!

손에서 뻗어 나간 푸른색의 전류가 문에서부터 뒷바퀴까지 단숨에 내달렸다.

어둠이 내려앉기 시작한 거리의 누군가가 집중해서 봤다면, 무언가가 차문을 번쩍 하고 흐르고 있음을 발견했으리라.

태민의 의지를 타고 왼쪽 뒷바퀴 쪽으로 내달린 뇌기가 기이한 물체에 닿았다.

태민은 닿았다는 감각이 이어지자마자 기계를 부수기 충분한 전류를 다시 한 번 쏟아냈다.

파지직―!

작은 물길을 타고 댐이 범람하듯 거센 전류가 뒷바퀴 쪽을
휩쓸었다.

그 순간,

상상도 하지 못한 일이 벌어졌다.

제7장
유인, 덫

펴엉—!

목표가 타고 있던 차의 왼쪽 뒷바퀴 쪽에서 돌연 폭발이 일어났다. 그것은 차체 전체를 날려 버리기에는 약했지만, 차체 왼쪽이 잠시 허공에 들렸다가 떨어져 내리기에는 충분한 위력이었다.

쿵!

뒷바퀴가 날아간 차체가 땅과 충돌했다. 파편이 되어 날아간 차체의 일부가 정체되어 있던 차들과 거리 쪽으로 비산했다.

"뭐야! 무슨 일이냐!"

"추, 추적기가 폭발한 것 같습니다!"

"뭐라고?!"

목표를 미행하던 자들, 삼합회 소속의 사내들이 갑작스런 사태에 잠시 놀란 사이, 그 사태는 연이어 이어졌다.

부서진 차 앞좌석에서 목표와, 그녀를 경호하는 경호원이 동시에 뛰어내려 반대편 도로로 질주하기 시작한 것이다.

"어, 어어?"

"저거! 저거……!"

그들이 2차 패닉을 일으키기 전에, 그들의 무전기가 불을 토해냈다.

"뭐하고 있나! 쫓아라!"

"예, 옛!"

빠아아앙—!

급작스럽게 일어난 사고에 놀란 차들이 경적 소리를 울려대고, 그사이 목표물 두 명이 건너편 빌딩 사이로 모습을 감추었다. 삼합회 사내들이 뛰어내린 것은 그 이후의 일이었다.

겨우 신호가 풀리며 차들이 움직이기 시작했다. 사내들은 움직이려는 차들을 억지로 방해하며 건너편으로 건너갔다.

그들이 빌딩 사이로 사라지는 것을 보며, 뱀처럼 찢어진 눈을 한 사내가 주먹을 불끈 쥐었다.

타이트한 정장 아래에서 근육이 긴장으로 불끈거렸다.

"차 돌려서 세워!"

"옛!"

운전을 하고 있던 부하가 소리치며 억지로 옆차선으로 끼어들었다.

빵빵 소리가 나도 무시하며 불법으로 좌회전까지 하고는 곧바로 차를 정차시켰다.

그가 뛰어내려 뒷문을 열자 뱀눈의 사내가 천천히 차에서 걸어 나왔다.

그의 차 뒤로 나머지 두 차들이 차례로 정차했다. 운전을 담당하고 있어 추격하지 않은 수하들이 다가오는 것을 느끼며 뱀눈의 사내가 욕설을 내뱉었다.

"젠장, 무슨 일인지 설명해라. 왜 추적기가 터진 거냐."

"자, 잘 모르겠습니다. 아마 과도하게 사용한 것이 아닌지……."

"과다하게 사용? 과다하게 사용하면 그게 저렇게 터진단 말이냐?"

조금만 더 심했다면 엔진에 불이 붙어 차 전체가 폭발했을지도 모른다.

그랬다간 그들의 목표물, 유희라가 눈앞에서 산산조각이 날 것이다.

그년이 죽든 말든 상관없다. 다만 보스에게 면목이 서지 않을 테니, 그것이 문제인 것이다.

'유희라……'

한국 굴지의 걸그룹 페스타.

그 인기는 이미 작은 한반도를 넘어 아시아 각지로 퍼져 나갔다. 서양 쪽에서도 반응이 오고 있다는 것을 뱀눈의 사내도 알고 있었다.

그가 봐도 생생한 아름다움과 건강함을 가진 여성이었다.

그의 보스, 삼합회 총회장의 둘째 아들 왕챠오엔이 눈독을 들일 만하다.

뱀눈의 사내는 왕챠오엔의 심복으로서 어릴 때부터 그를 보필해 왔다. 삼합회의 지원을 받는 시설에서 지내며, 그곳에서 삼합회 비전의 무공까지 익혔다.

그에게 있어 왕챠오엔은 부모 이상의 존재였다. 그가 원하는 것이라면 법이든 규칙이든 전혀 상관치 않는 자가 바로 뱀눈의 사내, 류리첸이었다.

"너희도 쫓아라."

"옛!"

남은 수하 셋이 빌딩 건물 사이로 사라졌다.

류리첸이 어둑해지는 하늘을 한차례 올려다보는 순간, 톡 하고 물방울이 그의 광대에 부딪쳤다.

비가 온다.

후두둑.

비는 어느 순간 굵어져 단번에 소나기처럼 내리기 시작했
다.

그 아래에서 아무렇지 않게 비를 맞으며, 류리첸도 빌딩 사
이로 걸어 들어갔다.

"기다리십시오, 보스. 당신의 과실을 가지고 가겠습니다."

흉포한 짐승처럼 그의 눈이 어둠 속에서 붉게 빛을 흘렸다.

*　　　*　　　*

터질 줄은 몰랐다.

빗방울이 쏟아지는 중에, 낡은 건물의 처마 밑으로 뛰어 들
어가며 태민은 좀 전의 놀라움을 다시 한 번 떠올렸다.

전파를 방해하고 있는 것 같은 물건을 발견해서 그것을 전
격으로 파괴하려 했다. 적당한 전류를 흘려주면 내부 회로가
망가지기 때문에 그다음부터는 다소 도망치는 게 쉬워질 거
라 예상한 것이다.

그러나 결과는 예상 외였다. 전격을 주는 순간, 그 물건은
강렬한 폭발을 일으켰다.

왼쪽 뒷바퀴 부근이 공중으로 떠오를 정도로 강한 폭발이

었다.

놀란 희라가 태민의 품으로 파고들었고, 본능적인 움직임으로 태민의 천뢰막이 펼쳐져 부상은 막았다.

쿵, 하고 차가 떨어진 직후 태민은 차밖으로 달려나갔다.

이 정도의 공격을 가할 정도의 놈들의 손에서 조금이라도 빨리 도망치기 위해서였다. 잠시 패닉을 일으켰던 희라도 태민의 의도를 알고 함께 움직여 주었다.

그렇게 빗속을 뚫고 빌딩 사이를 헤맸다. 십 분 정도 뛰어 주변의 인적이 사라졌다고 여겨졌을 때쯤 이 처마 밑으로 들어와 잠시 숨을 고를 수 있었다.

"무, 무슨 일인 거죠?"

"……."

희라가 물어왔다. 태민은 잠깐 입을 다물었다.

숨이 차서 그런 것은 아니다. 이 정도 달렸다고 그가 호흡에 곤란할 리가 없다.

뭐라고 대답해야 할 것인가. 그가 고민하는 것은 그것이었다.

이내 마음을 정했다.

"잘 들으십시오, 희라 씨. 누군가가 우리를 미행하고 있었습니다."

"알고 있어요, 그건. 그런데 왜 차가 폭발했느냐, 내가 궁금한 건 그거예요."

"저도 자세한 건 알지 못하겠지만, 아무래도 저놈들이 공격을 시작한 것 같습니다."

희라의 얼굴이 굳었다. 어느 정도 예상은 하고 있었지만, 그것이 현실로 인지되자 심장이 뛰기 시작했다.

태민은 그녀의 안색을 살피다 품속에 아직 젖지 않은 손수건을 꺼내 건넸다. 손수건을 받는 그녀의 손이 가늘게 떨리고 있었다.

희라에게 있어 삼합회의 요구는 어디까지나 요구에 지나지 않았다.

계약상 거론되지 않는, 물밑의 요구.

그러나 아직까지는 저쪽도 신사적인 입장을 취하고 있었기에, 언젠가부터 희라도 그 이상의 행동은 하지 않으리라고 여기고 있었다.

하지만 아니었다.

새삼 자각이 들었다.

'삼합회는… 조폭이었지.'

한국 연예게에도 아직 폭력조직이나 정치 쪽에 엮인 성상납에 관한 뒷소문이 무성하다.

제대로 기사화되지 못하고 공론화되지 못했을 뿐이지, 아직도 거기에 고통받고 있는 연예인도 많다.

삼합회는 그것의 확장판이다.

야만적이기까지 한 짓까지 서슴없이 할 정도로.

얼굴에 묻은 빗물을 닦는 희라의 손이 떨렸다. 체온이 2도 정도는 쑥 내려간 듯한 기분마저 들었다.

그때.

"걱정마십시오."

태민의 팔이 그녀의 어깨를 감쌌다.

"……!"

희라의 심장이 다른 의미로 뛰기 시작했다.

"그놈들이 희라 씨에게 무슨 짓을 하려 하든, 절대 그렇게 두지 않을 겁니다."

태민이 말했다.

"제가 희라 씨를 지킬 겁니다."

순식간에 체온이 제자리로 돌아왔다. 뼛속을 건드리려고 하던 한기가 사라지고, 왠지 찌릿찌릿한 느낌이 발끝까지 내달렸다.

희라가 태민의 팔 안에서 그를 올려다보았다.

"약속, 한 거죠?"

"물론입니다."

"강기수 때처럼, 믿어도 되는 거죠?"

"안심하십시오."

그와 그녀의 얼굴 사이는 불과 15센티.

잠깐만 고개를 떨구며 닿을 거리였다. 태민과 희라가 그 사실을 자각한 것은 시선이 마주치고 2초 정도가 지났을 때였다.

콰앙―!

그 순간, 골목 너머에서 폭음이 들려왔다.

빌딩숲 사이에서 들려올 소리가 아니었다. 태민이 희라를 등 뒤로 돌리고 소리가 나오는 쪽으로 눈을 돌렸다.

그의 전신에서 짜릿한 전파가 퍼져 나갔다.

천뢰의 그물이 단숨에 골목 전체를 감싸고 그의 육감을 자극했다.

몇 명의 인간이 달려오고 있었다. 좀 전의 폭발은 그들이 가스를 잘못 건드려 터진 것이었다. 움직이지 않는 전자기가 있는 것을 보아 멍청하게 당한 동료가 있는 모양이었다.

'일곱… 아니, 여덟 명인가.'

따라오던 차는 세 대.

그 차에서 내린 사내들임은 분명하다. 태민은 그들이 오는 방향을 읽어내고 다른 쪽으로 희라를 인도하려 했다.

그때, 천뢰의 그물에 거대한 기운 하나가 스며들었다.

'이 기운은……!'

천뢰에 닿은 이후 깨닫게 된 것 중 하나가 단련을 한 인간

의 기운은 일반인에 비해 매우 무겁고 밀도가 높다는 점이었
다.

인간의 전자기를 감지하는 천뢰의 그물에 걸린다는 것은
전자기 자체가 커진다는 것이다.

전자기란 말 그대로 인간의 생기.

단련한 자는 그 생기가 강화된다는 의미였다.

커다란 기운의 정체를 태민은 금방 알아챘다.

'그자로군. 폴라라리스 사장의 옆에 있던.'

이미 한 번 마주친 기운을 태민이 모를 리가 없다. 천뢰혼
은 이미 사라지고 없지만 등골을 오싹하게 만드는 저 기운은,
분명 지금껏 마주친 자들 중 독보적일 정도의 실력자임을 알
려주고 있었다.

태민은 힐끔 희라를 바라보았다. 솔직한 말로 태민이 당해
내지 못할 정도는 아니다.

하지만 그녀 앞에서 온전한 힘을, 거기다 함부로 전투를 할
순 없다.

희라의 안전이 우선이다.

"자리를 옮기겠습니다."

태민은 방향을 살피고 처마 밑에서 뛰어나왔다. 세찬 비가
얼굴을 두들겼지만 두 사람은 골목을 가로질러 또 한 번의 모
퉁이를 돌았다.

호텔 방향은 대략으로 잡았다. 차도 움직일 수 없고, 고립된 곳에서 무슨 일이 일어날지 몰라 도망치긴 했지만 그래도 태민에겐 레이더 같은 예리함이 있었다.

타다닥!

비가 고인 바닥을 해치고, 두 사람이 겨우 지날 것 같은 골목을 지났다.

나타난 것은 작은 언덕에 형성된 주택가였다.

한국으로 따지면 판자촌까지는 아닌, 하지만 서민들이 주로 살고 있을 지역이었다.

태민은 뒤를 살피고 희라는 문 닫힌 집의 처마 아래에 세웠다.

"잠깐 여기 있으세요."

그가 담장에 한 손을 올리더니 가볍게 뛰어 그 위로 올라갔다. 희라는 중력이 느껴지지 않을 만큼 가벼운 동작에 순간 입을 벌렸다.

담장 위에 선 태민이 연속으로 벽을 두어 번 차더니 낡은 2층 건물의 옥상으로 올라갔다. 희라는 더 놀라지도 않았다.

'중간에 빠졌더니 너무 돌았군. 그래도 방향은 정확해.'

큰 도로에서는 멀어졌지만, 오히려 이쪽이 호텔로 향하는 지름길이었다.

낮은 산을 등지고 만들어진 호텔을 산쪽에서 거꾸로 접근

하는 루트였다.

비는 맞겠지만 빨리 도착한다면 그 편이 희라를 지키기에는 쉬웠다.

방향을 가늠하고 태민이 2층 옥상에서 단숨에 뛰어내렸다.

탁!

올라갈 때처럼 중력이 느껴지지 않는 동작이다.

눈을 동그랗게 뜨고 있는 희라를 머쓱하게 바라본 태민이 그녀를 다시 빗속으로 이끌었다.

"20분 정도 걸릴 겁니다. 여기 언덕을 넘어서 산을 지날 거니까, 힘들더라도 조금만 참으십시오."

호텔로 가면 다른 이들이 있고, 최소한 이곳보단 치안이 좋으리라. 태민은 그것만을 믿고 움직였다.

그러려고 했다.

철컹.

그때, 앞쪽 집에서 낡은 철문이 열렸다. 사람 세 명 정도가 지나갈 좁은 길이라 태민은 그 자리에서 발을 멈췄다.

파직!

위기감이 뇌리를 내달렸다.

태민이 단숨에 희라의 어깨를 끌어안고, 조금 전에 희라가 비를 피했던 처마 밑으로 몸을 날렸다.

타다다당!

빗속 아래에서 총성이 울렸다.

"꺄악!"

그녀가 철문에 부딪히지 않도록 태민이 어깨로 보호했다. 총성이 연속으로, 그리도 더욱 늘어나서 골목을 갈랐다.

"초, 총이에요?!"

희라가 경악한 눈으로 태민을 올려다보았다. 끄덕일 시간도 없이 태민은 고개만 틀어 벽 너머의 골목길을 살폈다.

타앙!

또 한 차례 총성이 태민의 머리가 삐죽 튀어나온 지점을 노리고 날아들었다.

경이로운 반사신경으로 피해내자, 총알이 벽을 긇고 튀어나갔다.

"초, 총이라니……."

희라의 숨이 거칠기 시작했다.

태민은 혀를 찼다. 이런 곳에서 매복이라도 하고 있었단 말인가? 이쪽으로 그들이 올지 어떻게 알고?

'…유인인가!'

그제야 그는 깨달았다.

그와 희라는 이 마을로 들어오게 유인된 것이었다. 누군가가 철저하게 부하를 움직여 자신들을 피해 이 마을로 진로를 정하도록 한 것이다.

태민이 큰길로 나가려 할 때마다 기척과 소음이 따라붙어 어쩔 수 없이 방향을 틀어야 했다. 돌아간다는 감각은 있었지만 설마 유인된 것일 줄이야.

'이런 짓을 할 녀석은……'

떠오르는 건 한 명뿐이다.

천뢰의 그물에 잡혔었던, 거대한 기운을 가진 자.

아마 그가 저들을 이끄는 리더이리라.

삼합회에 대해서 솔직히 어느 정도 방심하고 있던 태민은 생각을 고쳐먹었다.

어쩌면 호텔까지 가는 길이 결코 쉽지 않을 수도 있었다.

타다다다당!

다시 총성이 울렸다.

기습의 여파로 인하여 희라는 파리하게 낯빛이 변했다. 날이 그렇게 춥지 않아 다행이지 겨울이었다면 건강에 이상이 왔을 수도 있었다.

투다다다다!

총알이 벽을 긁고 지나갔다. 비가 오는 와중에도 불꽃이 튀었다.

희라는 히끅거리며 숨을 제대로 쉬지 못했다. 태민은 손을 들어 그녀의 등 언저리, 심장이 있는 위치에 댔다.

치직—

살짝 심장에 충격을 준다.

희라의 등이 곧게 펴졌다. 미친 듯 뛰려던 심장이 충격으로 본래의 흐름을 되찾았다. 동시에 파리해지려던 희라의 안색에 약한 홍조가 돌아왔다.

"어, 어?"

자신이 방금 무슨 일을 당했는지 영문을 알 수 없는 희라가 태민을 올려다보았다.

그 얼굴을 보고, 태민은 부드럽게 웃었다.

"걱정할 거 없습니다."

지체할 시간이 없다.

태민의 전신에서 천뢰의 그물이 펴졌다.

비를 뚫고 퍼져 나간 전자기장에는 수십 단위의 사람이 잡혔다.

이 마을 전체가 아무래도 덫인 모양이었다.

어떻게 된 영문인지는 모르겠지만, 중국의 어둠을 지배하는 삼합회라고 하니 어쩌면 이 정도를 움직이는 것도 쉬운 일이리라.

태민은 뒤쪽의 집에는 아무도 없다는 것을 확인한 후 철문을 밀었다.

열리지 않는다. 그래서 뇌기로 근육을 증폭시켜 밀었다.

쿵!

뭔가 부서지는 소리 비슷한 것이 들리더니 철문이 삐꺼덕 열렸다. 열렸다기보다는 비틀어 넓혔다는 것이 훨씬 자연스럽겠지만.

"이 안에 들어가 계십시오. 비 젖지 않게 조심하고."

"태, 태민 씨는요!"

"길을 뚫고 오겠습니다."

돌아서려는 태민의 어깨를 희라가 붙잡았다.

"초, 총까지 든 사람이에요! 나가서 뭘 어쩌려는 거예요?!"

"잊은 건 아니겠지만, 소말리아 해적들도 총 정도는 있었습니다. 전 거기서 인질들을 구해서 나왔고요."

"……."

희라는 할 말을 잃었다. 그랬다. 이 태민이라는 경호원은 어쩌면 이 지구상에서 가장 믿을 만한 사람일지도 몰랐다.

주관적으로든 객관적으로든, 지금 믿을 사람은 그밖에 없었다.

희라가 어깨에서 손을 내렸다.

"…돌아와요. 다치지 말고."

"물론입니다."

태민이 철문 밖으로 나갔다. 문을 닫기 전 마지막으로 희라를 보고 그가 말했다.

"경호팀에 연락 넣어서 우리 위치를 알리세요. 눈 깜짝할

새에 돌아오겠습니다.”

희라가 끄덕였다.

쾅!

태민은 힘주어 철문을 닫은 뒤, 손잡이를 떼어내 아예 철문 아래쪽에 휘감아 버렸다.

이 안으로 들어가려면 아예 철문을 걷어내는 수밖에 없게 되었다.

괴력으로 기사를 부린 태민이 돌아서서 골목 저편을 살폈다.

총성은 소강 상태에 접어들었다. 아무래도 이쪽을 살피고 있는 듯했다.

태민은 다시 한 번 더 천뢰의 그물을 펼쳐 그들의 위치를 모두 감각 범위 안에 넣었다.

천뢰의 그물을 펼친 채 움직이는 것은 이제 숨 쉬는 것보다 쉬운 일이다.

“흐읍……!”

볼 사람도 없겠다, 전체를 때려눕힐 각오를 한 태민의 전신에서 파아란 뇌기가 솟아올랐다.

파지지지직……!

뇌기호흡이 단숨에 상경까지 치솟았다. 폐부 깊숙이, 발끝에서부터 휘몰아쳐 올라온 뇌기가 호흡을 통해 내부로 스며

들었을 때,

태민이 그 자리에서 사라졌다.

"어떻게 되었지?"

허름한 옷에, 겨드랑이에 낡은 기관총을 끼고 있던 자가 동료에게 물었다.

갑자기 명령을 받고 이 추락촌(墜落村)으로 모인 것이 약 10분 전.

그때부터 목표가 나타나길 기다렸다.

류리첸의 의도대로 목표가 추락촌에 나타났다.

이곳은 삼합회의 영역. 경찰이나 공안도 건드리지 못하는, 홍콩의 치외법권 같은 지역이었다.

사는 사람은 이곳을 관리하는 몇 명뿐. 주로 조직 간의 항쟁이나 조용히 처리할 일이 있을 때만 운영되는 마을 아닌 마을에 오랜만에 목표물이 나타난 것이다.

그들은 지시대로 총격을 가했다. 여자만 살려서 잡는다면 남자는 어찌 되든 상관없다는 것이 지시였다. 그래서 남자 쪽에 실컷 총알을 쏟아부은 다음, 이렇게 동태를 살피고 있었다.

"죽었나? 반응이 없는데?"

"야, 누가 한번 가봐."

“네가 가, 임마.”

“거 새끼, 겁먹었냐?”

“겁은 무슨.”

그들이 킬킬댔다. 이쪽은 수십 명, 저쪽은 단 한 명. 애초에 너무 쉬운 일이라서 그들은 긴장조차 하지 않았다.

숨어 있던, 무너진 벽 뒤에서 다섯 명의 사내가 고개를 내밀었다가 밖으로 나왔다.

목표와 가장 가까운 곳에 있어서 가서 살피라는 지시를 받은 그들이 천천히 철문 집을 향했다.

그 중간에 푸른 뇌성이 강림했다.

쫘앙—!

불꽃 같은 파란 뇌기를 감싼 것은, 조금 전까지 그들이 우스갯소리로 삼았던 목표물이었다.

“……!”

소리조차 지르지 못한 그들 사이에서 목표물, 태민이 전격을 뿜어냈다.

파지직!

사방으로 뿜어져 나간 전격이 다섯 명 사내를 단숨에 감전시켰다.

털썩!

그들이 모조리 한 번에 격침되었다.

태민은 재빠르게 모든 총을 수거한 다음 그들이 숨어 있던 벽 뒤로 숨었다.

한 박자 느리게 사태를 파악한 적들의 총격이 쏟아졌다.

그것을 무시하고 태민은 수거한 기관총의 총구를 전부 구부려 버리고, 탄창을 꺼내 박살 냈다.

총을 못 쓰게 만드는 데까지 걸린 시간이 10초.

태민은 다음 목표를 찾아 단숨에 이동했다.

반대편 건물의 어둠 아래 모여 있던 여섯 명 앞에 나타난 태민은, 이번에는 긴장하고 있던 탓에 반격을 받았다.

태민이 모습을 나타내자마자 한 놈이 총구를 돌려 들이댔다. 꽤 깜짝 놀랄 반사신경이었다.

그러나 태민은 전혀 놀라지 않았다.

단숨에 장저로 총구의 궤적을 비튼 태민의 오른쪽 눈에 파란빛이 깃들었다.

뇌격이 아닌, 손에 뿜어내는 전기가 반사된 빛이었다.

퍼엉!

전격을 담은 정권이 놈의 명치를 꿰뚫고 지나갔다. 성인 남성이 허공을 날아 허술한 벽돌 벽을 부수고 처박혔다.

"한 놈."

다시 뛰어든 태민이 단숨에 세 명을 그 자리에 무너뜨렸다.

남은 두 명도 그사이에 정신을 차리고 태민에게 달려들었
다.

총이 소용없다고 느낀 것인지 근접전으로 달려들지만, 그
렇다고 태민이 당할 리는 없다.

두 번의 손짓으로, 부서진 벽을 다시 무너뜨린 태민은 마찬
가지로 총을 수거해 그 자리에서 박살 냈다.

아직도 수십이 남았다.

더 늘어나는 것 같진 않아서 다행이지만, 그렇다고 안심하
고 있을 수는 없었다.

희라가 기다리고 있다. 1초라도 빨리 처리하고 희라를 데
리고 호텔로 가야 한다.

조철호 팀장에게 연락이 닿으면 일은 훨씬 수월해지겠지
만, 어쨌든 최악을 상정하고 있어야 하리라.

태민의 다리가 다시 지면을 박찼다.

건물 1층에서 천장을 뚫고 태민이 솟아올랐다.

그 신위에, 2층에 숨어 있던 자들이 혼비백산하여 그 자리
에서 쓰러졌다.

태민은 그들을 전부 전투불능으로 만들고, 옥상을 통해 다
음 건물로 넘어갔다.

그의 움직임을 막을 자는 이곳에 없었다.

모두가 삼합회 지부에도 들지 못한 잔챙이들. 그들이 수십

이 모여 있다 한들 초인에 가까운 태민을 당할 수가 없는 것이
다.
　　그러나,
　　위기는 다가오고 있었다.

제8장
어둠에 충성하는 자

"보고해라."

류리첸은 차에 올라탔다. 앞좌석의 부하가 고개를 숙여 보이고 말했다.

"현재 추락촌으로 몰아넣었고, 교전이 시작되었다고 합니다."

"몇 명이지?"

"총 56명. 갑작스런 지시라 많이 모으지 못했습니다."

"그 정도면 되겠지. 출발해라."

"옛!"

곧장 차가 출발했다.

등을 좌석에 기댄 류리첸의 입에 여유로운 미소가 떠올랐다.

한때 놓치는가 했지만, 역시 아마추어는 어쩔 수 없다. 그의 작전대로 추락촌에 흘러 들어갔으니, 이제 사로잡는 일만이 남은 것이다.

'겨우 경호원 주제에 오래 버텼다고 해야겠지. 하지만 보스의 뜻을 거스를 순 없다.'

"형님, 그런데… 괜찮을까요?"

"뭐가 말이냐?"

비를 헤치고 나아가는 차 속에서, 조수석의 부하가 류리첸을 돌아보았다.

"그 경호원, 정태민이라는 자가 얼마 전 세계적으로 유명해졌다는 사실을 아시잖습니까."

"그게 어쨌다는 게냐."

류리첸의 표정을 차갑기만 했다.

"그놈이 무슨 짓을 했든, 이곳은 홍콩이다. 우리의 구역이야. 다른 곳에서 무슨 짓을 했든 상관없다. 목숨을 끊어버리면 해결되는 일이야."

"알겠습니다."

부하는 더 이상 토를 달지 않았다. 류리첸은 만족스럽게 소파에 기댔다.

그러나 차가 추락촌 앞에 도착했을 때, 날아온 보고에 그는 벌떡 등을 뗐다.

"뭐라고? 다시 말해라."

"추락촌 인원… 56명 전원 실패했습니다."

류리첸의 얼굴이 일그러졌다. 무슨 말인지 인지하지 못한 것이 아니다. 믿기 힘들어서였다.

"56명이 한 놈을 못 당했다고? 그래서 그놈은 어디에 있지?"

"차, 찾고 있습니다. 흔적으로 봐선 추락촌을 벗어났을 가능성도……."

"찾아!"

그가 명령과 함께 차에서 뛰어내렸다.

다소 소강되긴 했지만 빗방울이 여전히 그의 얼굴을 때려댔다.

그가 물에 젖은, 제대로 포장되지 않은 길을 지나 추락촌으로 향했다.

수습하고 있던 부하들이 그를 보고 고개를 숙였지만 그는 눈길조차 주지 않았다.

추락촌으로 들어가, 붉은 페인트가 군데군데 벗겨진 철문을 지나치다 그가 발을 멈췄다.

"이 집은 뭐지?"

철문이 휘어진 채, 붙어 있어야 할 손잡이가 나뒹굴고 있었다.

부쉈다기보단 잡아 뜯었다고 해야 할 모습이었다.

"이곳에 유희라가 숨어 있었다고 합니다."

"그놈이 여기에 유희라를 두고, 혼자 날뛰었다는 게냐?"

태민이 날뛰는 사이, 뒤늦게 유희라의 위치를 파악한 추락촌 부하들이 그녀를 확보하기 위해 집으로 뛰어들려 했다.

그 순간 태민은 섬광처럼 날아들어 모조리 날려 버렸다.

그들이 마지막이었다. 태민은 곧장 자신이 봉인했던 문을 다시 뜯어내, 희라의 손을 잡고 추락촌을 가로질렀다.

오르막길로 그들이 사라진 뒤, 몇 분 지나지 않고 류리첸이 도착한 것이다.

"멍청한 것들."

그가 보스 왕챠오엔의 후덕한 얼굴을 떠올렸다.

이러한 보고를 듣는다면 가만히 있을 그가 아니다. 화풀이도 누구 하나를 잡아도 잡으리라.

"놈이 향한 곳은 하나뿐입니다."

"저 길 뒤쪽 말이냐."

류리첸이 본 곳은 그가 들어온 입구의 반대편, 추락촌의 출구 같은 곳이었다.

그곳에서부터 숲이 우거져, 유희라가 머물고 있는 호텔 뒤의 야산으로 이어져 있다.

아직 기회는 있다.

추락촌만큼 환경이 유리하진 않을 테지만, 해도 거의 저물었고 더 이상 놈들이 도망칠 길은 한정되어 있다.

"쫓아라. 호텔에 들어가기 전에 사로잡아. 아니면 매우 귀찮아진다."

아쉽게도 그 호텔은 삼합회의 영역에 있지 않은, 외국계 호텔이었다.

때문에 호텔에 들어가면 삼합회라고 해도 힘을 쓰기 어려웠다. 노바 엔터테인먼트에서도 그런 호텔을 일부러 수소문해 정한 것이다.

지시를 받은 수하들 중 열 명이 재빨리 달려나갔다.

다른 수하에게 추락촌의 수습을 명한 다음 류리첸도 그 뒤를 따라 숲길로 들어섰다.

그는 서두르지 않았다. 아무리 예상을 뛰어넘었다고 해도 이곳은 그의 본거지인 홍콩. 자신감이 사라질 정도는 아니다.

거기다 숲길이라면 어차피 저쪽도 똑같은 환경. 산을 넘기 전에 끝장을 내면 된다.

무전기가 치직거리며 소리를 냈다. 그가 귀에 손가락을 갖다댔다.

"찾았습니다."

"그래, 어디지?"

"추락촌에서 약 50미터 정도 오르막길을 오른 지점입니다."

"어차피 방향은 뻔하다. 계속 쫓아라."

몇 가지 지시를 내린 다음 류리첸은 길을 꺾었다.

숲을 뒤지고 있는 저 십여 명은 류리첸이 특별히 아끼는 부하들이다. 그와 같은 시설 출신으로, 삼합회와 자신에게 충성을 아끼지 않는 이들이었다.

그 누구보다 자신의 명령을 잘 수행할 것이기에, 그가 의도한 대로 유인해 올 것이다.

그는 먼저 그곳에 가 있으면 된다.

"기다리고 있겠다, 정태민."

류리첸이 가늘게 미소 지으며 숲 속으로 사라졌다.

＊　　＊　　＊

태민은 희라의 안색을 살폈다. 아무리 춥지 않은 날씨라 하더라도 계속해서 비를 맞고 있으면 멀쩡할 리가 없다. 거기다 숲길로 들어선 이후 희라의 체력이 떨어져 가는 것이 보였다.

"업히겠습니까?"

그렇게 묻자, 희라가 고집스레 고개를 저었다. 오히려 미소를 지어 보였다.

　"아이돌의 체력을 우습게 보지 말아요. 하루 행사 열 번 뛰어봤어요? 서울에서 출발해서 부산을 찍고, 다시 서울까지 돌아오는 일정을 해보지 않은 사람은 체력에 대해서는 말 안 하는 게 좋아요."

　자존심인지 그녀는 억지로 표정을 폈다. 그러나 그 말을 증명하듯 돌연 걸음걸이가 똑바로 변했다.

　'대단하군.'

　태민은 속으로 감탄했다.

　페스타가 한창 바쁘던 시절, '행사 공장장'이라는 소리를 들을 정도로 행사를 돌던 때가 있었다.

　신인이었고, 막 이름을 얻다 보니 여기저기서 불러주는 데가 많았다. 그래서 하루 잠은 두세 시간, 나머지는 차에서 이동 중 쪽잠이고, 식사는 도시락이나 김밥 외에는 생각도 못했다.

　팬들 사이에서는 너무 굴린다고 회사를 욕하는 목소리도 있었으나, 페스타는 그때를 회상하며 매우 즐거워했다.

　그때가 있었으니 지금의 우리가 있는 거다, 라고.

　아무튼, 지금에야 몸값이 너무 올라 불러주는 행사가 일주일에 겨우 두세 곳 있을까 말까 하다지만, 체력 하나만큼은 전혀 떨어지지 않았다.

　"걸그룹은 체력이 기본이거든요."

“노래와 춤이 기본 아닙니까?”

“그건 그렇지만.”

농담에 히죽 웃으면서 희라가 앞을 보았다.

이미 사방에 어둠이 내려앉았다. 숲으로 들어온 지 벌써 30분은 된 것 같았다. 태민의 안내대로 길 없는 길을 가곤 있었지만, 솔직히 조금 불안하기도 했다.

그러나 그녀는 고개를 흔들며 불안함을 지웠다.

태민이 그녀의 팔을 붙잡았다.

“잠시.”

희라를 멈춰 세운 그가 고개를 낮추게 하더니, 수풀을 헤치고 앞을 보았다.

“저기, 호텔이 보입니다.”

멀지 않은 곳, 직진거리로 치자면 200미터 남짓 되는 곳에 대형 호텔이 서 있었다.

산을 등지고 홍콩의 야경을 내려다보며 오롯이 서 있는 모습에 희라는 괜시히 심장이 뛰었다.

“핸드폰은 여전히 안 터지는데……. 그들이 기다리고 있을까요?”

“아마 이미 호텔에 도착해 있을 테니까 우리를 찾고 있을 겁니다. 괜찮습니다.”

내심 경찰이나 공안이 움직이긴 힘들 거라고는 생각하고

있다. 그러나 조철호 팀장은 유능한 사람이기에 어떤 식으로
는 수를 내고 있으리라 여겼다.

"가죠."

희라가 다시 일어났다.

수풀을 헤치고 나와서 태민의 손을 잡고 내리막을 내려갔다.

비에 젖은 나뭇잎, 이끼 낀 바위가 진로를 방해했지만, 태
민은 희라가 미끄러지지 않도록 붙잡아주었다. 희라는 그를
믿고 천천히 아래로 내려갔다.

얼마 내려가지 않자 평지가 나왔다. 호텔 방향으로 이어진
소로였다.

호텔에서 이 산으로 올라오는 등산로 같은 곳이었는데, 비
가 오고 있어 인적은 전혀 없었다.

태민은 그러나 표정을 굳혔다.

천뢰의 그물을 펼쳐 꾸준히 적들의 움직임을 쫓고 있었다.

그래서 그들이 생각하는 방향과는 다른 쪽으로 움직였다.
이 길은 도리어 대놓고 호텔로 향하는 길이라 오히려 적들이
예상치 못할 것이라 여긴 것이다.

하지만 아니었다.

"다시 만났군."

길 끝에 누군가가 서 있었다. 숨을 생각도 없이, 검은 정장
을 차려입은 남자가 태민과 희라를 보고 있었다.

희라가 놀라 태민의 등 뒤로 숨었다.

"저 남자는… 아까 회의실에서 봤어요."

"폴라리스 사장의 부하일 겁니다."

"그럼 역시……."

"네, 우리를 쫓아온 겁니다."

오히려 한 발 앞서 태민과 희라가 움직일 동선을 예상하고 그곳에 먼저 와 기다리고 있었다. 아주 정확하게.

태민은 혀를 찼다. 뱀눈의 사내가 뿌린 작전에 좀 전에 걸려들었기에 이번에는 그것을 역이용하자고 생각했다.

하지만 상대는 그 역이용마저 예상하고 있었다.

태민은 천뢰의 그물을 펼쳤다. 주변을 훑었지만, 아주 멀리서 미약한 기척이 느껴질 뿐 주변에는 뱀눈의 사내 이외에는 아무도 없었다.

태민이 걸어 나가자 희라가 움찔 놀라 그의 소매를 붙잡았다.

"여기 계십시오. 주변에는 아무도 없으니, 저자와 담판을 짓겠습니다."

"…조심해요."

희라가 손을 놓았다.

뚜벅뚜벅.

조금씩 잦아드는 비 아래에서 태민이 걸어, 뱀눈의 사내 앞에 섰다.

"유명인을 여기서 다 보는군. 정태민이라는 이름은 우리 삼합회에서도 익히 알고 있다. 동쪽의 작은 나라에서 제법 이름을 날리셨더군."

"알아주시니 감사하다만, 그런 헛소리를 나눌 만큼 지금 시간이 충분치 못하다."

태민이 말했다.

"비켜라."

뱀눈의 사내, 류리첸이 작게 웃음을 터뜨렸다. 그의 뱀눈이 마치 정말 뱀처럼 꿈틀거려서 혐오감을 불러일으켰다.

머리 뒤로 완벽하게 넘어간 올백머리는 비에 맞아도 한참 흐트러짐이 없었다. 저대로 그냥 굳혀놓기라도 한 듯한 모습에 태민은 감탄할 뻔했다.

"큭큭큭, 재밌군. 여기까지 와서 그렇게 건방진 태도를 유지할 수 있다니."

"여기까지, 라는 게 무슨 의미인지 모르겠군. 저 앞에 호텔이 있다. 저곳까지만 가면 너희들 손아귀에선 벗어날 수 있어. 내가 잘못 알고 있는 건가?"

"물론. 잘못 알고 있는 것투성이지. 저 호텔로 간다 하더라도 해결되는 건 없다. 좀 귀찮아질 뿐, 우리가 포기할 거라고 생각하지는 마라. 그리고."

류리첸이 팔을 늘어뜨렸다.

"갈 수 있을 거라는 것도 착각이다."

태민은 긴장했다. 저 자세가 무엇인지 알고 있다.

자연체.

흔히 무도의 궁극적인 자세라고 일컬어지는 것이다.

본격적인 무도 수행을 한 적이 없는 태민이었으나, 그 기세 정도는 읽을 수 있다.

단지 팔을 늘어뜨렸을 뿐인데 류리첸의 온몸에서 좀 전과 전혀 다른 기세가 느껴졌다.

찌릿찌릿. 척추가 당겨왔다.

그 감각을 무시하고 태민도 손을 풀었다.

파직!

숨길 것도 없이, 그의 주변으로 파란 뇌기가 감돌았다. 호흡이 상경에 닿아 주변의 빗속에서 전자를 끌어들였다.

하늘이 머금고 있던 전자기가 비를 통해 태민의 몸속으로 스며들었다. 그것만으로도 태민은 재차 몸에 쌓이던 피로를 잊었다.

"호오……. 이건 보고에 없던 이야기인데. 뇌공(雷功)을 쌓은 거냐?"

"천뢰라 한다. 우리 가문의 비전이라고 할 수 있지."

"하늘의 벼락이라. 건방진 이름이군. 작은 반도 주제에."

“뒤떨어진 대륙 놈이 말이 많군.”

태민은 지지 않고 받아치며 뒤를 살폈다. 희라가 나무 밑에서 어느 정도 비를 피하며 이곳을 지켜보고 있는 것이 느껴졌다.

어쨌든 이 길을 뚫어야 한다. 만만하진 않겠지만, 불가능하다고 생각되진 않았다.

류리첸이 몸을 풀 듯 목을 이리저리 돌리더니 말했다.

“오랜만에 몸을 풀게 만드는 놈이군. 삼합회 비전의 권공, 견식하게 해주마.”

그가 자세를 낮추었다.

무언가 권법 자세를 취한다고 느껴진 다음 순간, 그림자처럼 늘어난 그의 신형이 태민의 바로 앞에서 쑤욱 솟아올랐다.

“……!”

태민은 급히 고개를 꺾었다.

부웅!

류리첸의 세로로 세워진 주먹이 태민의 옆얼굴을 스쳐 지나갔다.

진공음에 기겁하며 태민이 발을 차 올렸다.

너무나 놀라 뇌기조차 충분히 싣지 못했다. 류리첸의 한 손으로 그것을 막더니, 몸 전체로 태민의 가슴에 격돌했다.

뻐억—!

단순한 일격이 아니었다.

다리 끝에서부터 올라온 기의 흐름이 완벽하게 조화된, 숙련된 무인의 일격이었다.

태민은 3미터는 나뒹굴어 비에 젖은 흙바닥에 볼썽사납게 처박혔다.

천뢰신서를 만난 이후, 누군가에게 한 방으로 이렇게 당한 적은 처음이었다.

"태, 태민 씨!"

희라가 달려오려고 했다. 태민은 그것을 손을 들어 막았다.

고개를 들고 일어서는 그를 류리첸을 기다려 주고 있었다.

"역시 한 방에 쓰러지거나 하진 않는군. 그래야지. 너무 쉬우면 재미가 없거든."

그는 웃었다. 쭈욱 찢어지는 미소가 태민에게 난생처음으로 섬뜩함을 전해주었다.

저런 미소를 한 번 본 적이 있다.

강기수.

김포 외곽의 창고에서, 강기수는 태민을 앞에 두고 저렇게 웃었었다. 자신을 죄가 없다는 듯, 단 한 점의 죄책감도 없이 그렇게 미소를 지었었다.

이자도 마찬가지인 것이다.

이자 또한 무언가에 빠져 자신이 잘못되었다는 생각은 전혀 하지 않고 있었다.

"정체를 물어도 될까?"

태민이 일어섰다. 큰 충격이었지만 이미 회복했다. 그 모습을 흥미롭게 바라보던 류리첸이 대답했다.

"폴라리스 사장, 그리고… 삼합회 총회장의 둘째 아들 왕챠오엔의 비서, 류리첸이라고 한다."

"류리첸……. 기억해 두지."

"그럴 필요 없다."

류리첸은 주먹을 털었다. 묻어 있던 빗방울이 떨어지는 순간, 그가 다시 발을 박차고 짓쳐 들어왔다.

"넌 여기서 사라질 거니까."

쿵!

생각지도 못한 각도에서 주먹이 날아왔다. 태민은 반응조차 하지 못했다.

그렇게 생각했다, 류리첸은.

하지만 태민은 그 주먹에 피하지 않았다. 도리여 손을 들어 그 주먹을 정면에서 붙잡았다.

"아니, 그럴 순 없지."

태민이 전신에서 푸른 뇌기가 솟았다.

"사라지는 건 너희들이다."

파지지직!

류리첸의 전신으로 뇌격이 쏟아졌다.

천뢰에 닿은 뇌기는 단숨에 류리첸의 발끝까지 내달려 그의 근육 전체를 흔들었다.

뇌까지 올라온 충격에 류리첸의 오른쪽 다리가 푹 꺾였다.

그가 그대로 쓰러지려고 하는 것을 보며 태민이 손을 뗐다.

단련된 무인이든 뭐든, 인간인 이상 전격의 고통을 당할 수가 없다.

뇌기를 다룬다는 것을 이미 알아챈 이상, 이만큼 근접한 그의 방심이 낳은 결과다.

태민은 혀를 차면서 그에게 마지막 일격을 선사하려 했으나,

"큼, 제법이군."

그 순간 류리첸의 오른 다리가 도로 펴지더니, 태민의 가슴팍으로 공격이 들어왔다.

쿠웅―!

퍼벅!

몇 차례의 공방이 오갔다.

희라의 눈으로는 확인하지 못할 속도로 지나갔으니, 그녀는 그저 입을 쩌억 벌리고 있었을 뿐이었다.

휘릭!

두 남자가 한 순간에 거리를 벌렸다. 빗방울이 사방으로 비산하는 듯하다가, 단숨에 바닥으로 가라앉았다.

"…이거 참."

류리첸의 얼굴에서 여유가 사라져 있었다. 가늘게 찢어진 눈 끝이 씰룩거리면서 태민을 아래위로 훑었다.

"솔직하게 말하지. 이 정도일 줄은 예상 못했다. 유명할 만도 하군."

"……."

태민은 대답하지 않았다. 그러나 표정이 그가 긴장하고 있다는 것을 말해주고 있었다.

뇌기가 통하지 않는다.

아니, 통하긴 하나 그 정도가 태민의 예상을 훨씬 밑돈다.

인간임에도 류리첸은 쌓아둔 내공으로 뇌기 자체에 저항하고 있는 것이었다.

이런 경우는 처음이라 태민도 알게 모르게 당황했지만, 그것을 전부 보이진 않았다.

날카롭게 뜬 눈으로 류리첸의 전신을 훑어보면서 태민이 자세를 낮추었다.

'……!'

머릿속에 경종이 울렸다.

다수의 기척이 이쪽으로 향하고 있었다. 류리첸와 싸우는 사이 경계하지 못하고 있었는데, 그동안 꽤 거리를 좁혀오고 있었다.

뒤쪽에 있는 희라를 살피는 눈짓을 보고, 류리첸이 씨익 입꼬리를 말아 올렸다.

"어떻게 아는 건지는 모르겠지만, 느꼈나 보군. 내 부하들이다. 무전기가 고장 나기 전에 연락을 받았으니, 5분 정도면 오겠군."

"……."

도발하는 겸 말한 것이었으나, 태민은 대꾸했다.

"5분. 그럴 필요 없어."

류리첸은 보았다. 태민의 전신에서 파란 기운이 자취를 감추는 것을.

뇌기는 곧 하늘의 기운이라 하여, 다루는 것이 극히 어렵다고 중국 전통 무도에서는 말한다.

하여 오랜 역사 속에서 그 뇌기를 다루는 자가 나온 적은 극히 드물었고, 때문에 류리첸도 난생처음 보는 뇌공의 소유자가 대체 얼마나 강한지 알 수 없었다.

그런데 이제야 알게 되었다.

파직, 파직!

빗방울로 인해 주변을 가득 채운 수기가 밀려났다. 태민을 중심으로 하여 밀려나온 무형의 기운에 의해 공간 전체가 뒤흔들리고 있었다.

'이, 이 기운은……!'

류리첸의 뱀눈이 커졌다.

지금껏 그가 만나지 못한 엄청난 기운이었다. 건드리기만 하면 금방이라도 터질 듯 태민에게로 모여들고, 또 모여들었다.

쿠구구궁―

하늘을 메웠던 먹구름에 뇌운이 끼기 시작했다.

'기후까지 바꾼다고?!'

전체적인 기후가 아니었다.

지금 그들이 서 있는 지점의 하늘, 그 하늘이 태민의 뇌기에 이끌려 변하고 있었다.

분명 천둥벼락을 동반할 정도의 구름이 아니었음에도, 하늘에 퍼져 있던 전자가 한데 뭉쳐서 점차 노오란 전자기를 뿜어내고 있었다.

"하하하……."

그 잠깐의 변화에, 류리첸은 웃었다.

"흐하하하하하하! 재밌군! 재밌어!"

태민이 눈을 가늘게 떴다.

"뭐가 재밌지?"

"삼합회에 투신한 지 어언 25년! 그사이 숱한 실력자를 만났지만, 너 같은 녀석은 처음이다! 좋다, 아주 좋아!"

하늘이라도 가를 듯 광소를 내뱉던 류리첸의 양쪽 눈이 붉게 빛나기 시작했다.

착각이 아니었다.

태민이 뇌기를 머금을 때 눈빛이 파래지듯 그는 정말로 붉은 기운을 머금은 빛을 폭사하고 있었다.

"천염(天炎)이라 한다."

"뭐라고?"

태민의 눈두덩이 꿈틀했다.

동시에, 류리첸의 발끝에서부터 불그스름한 기운이 스며 올라왔다. 마치 땅에서부터 용암이 솟아 올라오듯 천천히 그의 몸을 감돌더니 그대로 스며들어 하나가 되었다.

태민은 놀랐다. 진심으로.

"천염?"

"천뢰라고 했던가? 내가 익힌 삼합회의 비전이 바로 천염공(天炎功), 하늘이 내린 불의 무공이다. 천뢰와 천염이 이곳에서 만나다니, 운명이라고까지 느껴지지 않는가?"

하늘의 벼락과 하늘의 불꽃.

오천 년 중국 역사의 무서움을 태민은 새삼 자각했다. 조직 폭력배의 집단이라고 여겼던 이들은 정말로 무공을 익히고 있었던 것이다.

류리첸이 천염공을 운용함에 따라 태민은 변화를 느꼈다.

주변의 기온이 변화하고 있었다.

빗방울이 땅에 닿기도 전에 기화하여 수증기로 화했다. 그것이 다른 빗방울과 부딪쳐 물이 되었다가, 다시 기화했다.

그 반복이었다.

단숨에 주변에 운무가 가득 찼다.

"희라 씨, 멀리 떨어지십시오."

그녀가 고개를 끄덕이고 거리를 벌렸다.

태민은 이쪽으로 오는 기운들의 위치를 파악하고 천뢰를 온몸에 휘둘렀다.

불로서 빗방울을 기화시켜 안개 같은 효과를 만들어봤자 이쪽은 천뢰, 벼락이다.

전기로 전체를 덮어버리면 된다.

"불과 벼락은 상성이 안 맞지만, 어차피 나머지는 다루는 사람의 몫이지. 그렇지 않나?"

안개 너머에서 류리첸이 이죽댔다.

"얌전히 보스의 먹잇감이 되어라. 그럼 살려는 주겠다."

자신감 넘치는 목소리에 태민도 마찬가지로 받아쳤다.

"그쪽이야말로 무리하지 마. 수기가 돕고 있는데 벼락을 이길 수 있을 리가 없다. 이곳에서 물러나면 다치지 않고 돌아갈 수 있어."

"건방진 녀석. 한번 해보시지."

목소리가 달라졌다. 아니, 들리는 방향이 달라졌다.

묘하게 소리가 꺾였다 싶었을 때, 태민의 오른쪽 아래에서 붉은 광선이 쏘아지듯 류리첸의 주먹이 날아들었다.

그것을 뇌기를 머금은 팔로 걷어내면서 태민이 다른 손으로 전격을 쑤셔박았다.

그 순간,

"윽!"

엄청난 열기가 손바닥에서 느껴져 곧장 팔을 떼어냈다.

"잡을 수 없지."

퍼억!

류리첸의 발길질이 태민의 가슴에 박혔다.

뒤로 밀리는가 싶던 태민이 발로 버티면서 버텼다. 류리첸의 미간이 꿈틀대는 순간,

파지지직!

가슴에 닿은 다리를 통해 전격이 작렬했다.

퍼엉—!

무언가 터지는 굉음과 함께 류리첸의 신형이 날아갔다. 탄탄한 나무에 등부터 격돌한 그가 몇 번을 나뒹굴더니, 벌떡 일어섰다.

"흥!"

살짝 손이 떨렸으나, 진동 자체를 털어내듯 손을 흔들더니 수풀을 태워 버리며 걸어나왔다.

그가 부딪힌 나무는 검게 그을려 있었다. 태민은 그것을 흘겨보다 다시 적에게 눈을 돌렸다.

“이 전격을 버티다니……. 솔직히 놀랍군.”

맞붙은 상태에서 최대한의 전격을 쏟아부은 것이었다. 한순간 허한 기분이 들 정도로.

그런데 류리첸은 그것을 견뎌냈다. 약간의 충격을 받은 것은 같지만, 겉으로 봐서는 매우 멀쩡했다.

퉤, 침을 뱉어내면서 류리첸이 비릿하게 웃었다.

“조금 아프긴 해. 하지만 천염공으로 단련되어 있는 이 신체는 좀 단단한 게 아니라서 말이야.”

전혀 아프지 않은 듯한 얼굴로 류리첸이 다리를 굽혔다.

쿵!

진각과 함께 그의 몸이 다시 빛살처럼 날아온다.

‘질리지도 않는군!’

시간이 없다.

태민은 그 사실을 알고 있었다.

시간을 끌수록 어차피 힘든 것은 태민과 희라다. 그렇다면 한 방으로 승부할 수밖에 없다.

‘통할지는 나중에 생각하자!’

태민의 한 손이 하늘로 올라갔다. 그 순간, 눈앞에 나타난 류리첸이 주먹을 뻗었다.

아슬아슬하게 열기 띤 주먹을 피하며 다른 손으로 그 팔을 휘어감았다. 뜨거운 손을 무시하고, 뇌기를 돌려 손을 보호하면서 동시에 하늘과 땅을 잇는 선을 머릿속에 만들었다.

쿠구구구―

하늘이 울었다.

류리첸의 뱀눈이 크게 떠졌다. 그의 전신에서 화기가 화산처럼 치솟았다.

단 한순간에 화산 폭발이라도 일어난 듯한 열기가 태민의 전신에 훅 끼쳤다.

그러나 태민의 호흡은 멈추지 않았다.

상경에 닿은 호흡이 천뢰를 불러들인다. 푸른 뇌기가 폭포를 거꾸로 세운 듯 솟구쳐 올랐다가,

'천뢰강림(天雷降臨)!'

떨어진다!

쿠구구궁―!

하늘이 또 한 번 더 울었다.

번쩍!

그리고,

"태민 씨!"

외침과 함께,

꽈르르르룽―!

하늘에서부터 천뢰가 강림했다.

제9장
결전의 서막

짜르르르릉!

일대를 뒤흔드는 천둥번개에 호텔이 휘청대는 감각이 들었다.

지진을 동반한 듯한 느낌에 조철호 팀장이 퍼뜩 소파에서 일어났다.

"뭐지, 천둥인가?"

"바, 바로 옆에서 친 거 같은데요?"

대답한 것은 기원.

그뿐만이 아니라, 노바 엔터테인먼트 소속 직원들이 죄다 놀란 얼굴로 호텔 밖으로 고개를 돌리고 있었다.

그들은 모두 호텔 로비에 모여 있었다. 태민과 희라와의 연락이 두절된 후 위기감을 느끼고 곧장 호텔로 왔지만 그들은 와 있지 않았다.

경찰에도 신고를 하긴 했지만, 뭔가 쉬쉬 하는 분위기임을 수화기 너머로 감지했다. 경찰조차 삼합회를 두려워하고 있는 것이라고 조철호는 직감했다.

태민과 희라의 위치를 알 수 없으니 결국 호텔에서 초조하게 기다릴 수밖에 없는데, 바깥 날씨는 천둥번개까지 치기 시작했으니 더더욱 걱정이 되었다.

다행히도 번개는 다시 치지 않았다.

"하아……."

진이 빠진 듯 노바 사장이 소파에 주저앉았다.

그들의 기색을 살피고 있던 로비 담당 지배인이 뛰어와 그에게 냉수를 내밀었다. 대략 어떤 사정인지 지배인 측에서도 알고 있었다.

조철호와 기원이 다시 한 번 호텔 정문과 후문을 확인한 뒤 돌아왔다.

"아직 소식 없습니까?"

사장의 물음에 조철호는 고개를 저었다.

"돌아오는 기척이 없군요……. 아무래도 다시 한 번 경찰에 연락해 봐야 할 듯합니다. 여차하면 대사관 쪽에도 연락해 협조를 구하겠습니다."

단순히 의뢰인이 사라진 것이 아니다.

그들의 경호 대상은 한국 굴지의 걸그룹 페스타의 리더.

냄새를 맡은 기자들이 로비 곳곳에 숨어 그들을 살피고 있을 정도였다.

그들이 뭔가 기사를 써대기 전에 태민과 희라를 찾아내야 했다.

사장은 복잡한 얼굴로 고개를 끄덕였다.

"내 잘못입니다. 내가 희라를 굳이 이곳으로 데려와서……."

"유희라 씨가 오겠다고 한 걸로 알고 있습니다. 그런 말씀 하지 마십시오."

"그렇지만, 그렇다고 해도 내가 말렸어야 합니다! 여기가, 여기가 어디인데 희라를!"

사장이 기자들조차 잊고 큰 소리를 내지르려 할 때,

"팀장님!"

기원이 조철호의 어깨를 흔들었다. 그가 고개를 들었다.

후문 쪽.

흠딱 젖은 태민과 희라가 호텔로 들어오고 있었다.

"희, 희라야!"

사장이 벌떡 일어나 그녀에게 달려갔다.

그런데 들어오는 몰골이 희한했다.

비 때문이 아니라, 무언가 엄청난 일이 있었던 듯 너덜너덜해진 옷을 걸친 태민을 희라가 부축해서 들어오고 있는 것이 아닌가.

"사장님! 어, 어서 태민 씨를……!"

로비의 사람들이 웅성대기 시작했다. 조철호가 서둘러 달려가 그녀에게서 태민을 받아 들었다.

"죄송합니다, 팀장님."

"이게 대체 무슨 일이야!"

"설명은 나중에! 방으로 옮겨요!"

희라의 말에 모두가 정신을 차리고 태민을 방으로 옮겼다.

조철호와 기원을 비롯한 경호원과 호텔 직원들이 기자들을 철저히 막고, 호텔에서 수배한 의사가 긴급히 태민의 상태를 체크하기 위해 통과되었다.

방에서 태민의 상태를 확인한 의사가 기겁하며 말해주었다.

"지금 신체의 약 절반 정도가 1도 화상을 입었습니다. 몇몇 부분은 2도 가까이 입었고요. 심각한 상태는 아닙니다만, 조금만 더 심했더라면 목숨에 지장이 있었을지도 모릅니다."

"화, 화상?"

"예. 뜨거운 물이라도 뒤집어 쓴 건지……. 일단 응급치료
는 해뒀습니다만 자세한 진료를 받으러 병원으로 오십시오."

의사의 진단이 끝나는 대로 희라가 태민에게 달려들었다.

"대체, 대체 무슨 짓을 한 거예요! 죽을 뻔했다잖아요!"

"하하……. 그래도 이렇게 살았잖습니까."

"웃기지 말아요! 전신에 화상이라는데……!"

희라는 지금도 여유를 가장한 채 대답하는 태민을 쏘아보
았다.

그 눈빛에 태민은 머쓱해져서는 입을 다물었다.

일단 희라는 약을 받은 다음 의사를 돌려보냈다. 내일 곧바
로 병원에 찾아가겠다는 약속을 한 뒤, 사장과 함께 태민의
침대 앞에 앉았다.

"병원에 가야 하지 않을까요?"

"괜찮습니다. 우선은 희라 씨 일이 먼저입니다."

태민은 병원에 가지 않겠다고 고집을 부리고는 사장을 보
았다.

"별일 없으셨습니까?"

"우, 우린 괜찮았네. 대체 자네들은 무슨 일이 있었던 건
가?"

태민과 희라는 몇 시간 동안 있었던 기습, 도주, 난투에 대
해서 설명했다.

　물론 태민이 벌였던 괴상한 일들은 적당히 축소해서 설명
했다. 희라는 눈치껏 그 말을 맞춰주었다.
　"…그래서 일단 놈들을 따돌리고 호텔로 돌아온 겁니다.
여기에 오면 일단 어떻게든 될 것 같았습니다만, 예상이 맞아
서 다행이군요."
　듣자 하니 이 호텔도 거대 외국계 기업이라 삼합회에서도
함부로 힘을 쓰지 못한다고 한다. 사장이 굳이 호텔 총지배인
에게 가 확인까지 얻은 사항이었다.
　"그래도 삼합회에서 호시탐탐 노리고 있다고 하니, 크게
안심을 해서는 안 돼."
　"잠깐이면 됩니다."
　태민은 그렇게 말하고 희라를 돌아보았다.
　"아마 그놈들은 포기하지 않고 다시 올 겁니다. 쉽게 포기
할 거였으면 이렇게 일을 벌이지 않았겠죠."
　"하, 하지만 호텔에 있는 한 큰일이 생기지는 않을 거야.
그렇지?"
　"그것도 장담은……."
　태민은 추락촌을 떠올렸다. 작은 도심 전체를 그들의 영역
으로 쓰는 놈들인데, 어쩌면 이 호텔도 이미 작업에 들어갔을
지도 모르는 일이다.
　"이번 교섭은 멈추십시오. 더 이상 진행해 봤자 의미가 없

다는 거, 두 분도 이미 아실 겁니다."

"알고 있어요. 포기할게요."

희라가 말했다. 사장이 한숨을 내쉬었다.

"아쉽지만 어쩔 수 없지. 중국 따위 못 가면 어때! 우리에게 길은 많아. 동남아나 중동 쪽에서까지 오퍼가 오고 있으니까."

중국은 상징적인 시장이었다.

떠오르는 콘텐츠 시장으로서, 그곳에 페스타가 진출한다면 아시아 전체로 영역을 넓힐 수 있었다.

일본 같은 갈라파고스 같은 시장보다는 중국이라는 거대 시장 쪽이 훨씬 더 이득이 되는 것은 기정사실이었다.

하지만 일이 이렇게 꼬인 이상, 저들이 이렇게 비신사적으로 나오는 이상 그러한 위험을 안고까지 무리하게 진행할 필요는 없었다.

"난 그래도… 어느 정도 그들도 포기할 줄 알았어요. 하지만 이럴 줄은… 정말 꿈에도 몰랐어요."

페스타로 꿈을 꾸었던 희라로서는 포기해야 하는 것이 가슴이 아팠다.

그녀가 태민을 보았다.

"포기할게요. 오늘 정말 고마웠어요, 태민 씨."

"별말씀을. 제가 해야 할 일이었습니다. 그리고."

태민이 그녀를 보았다.

"포기하지 마십시오. 반드시 희라 씨의 목표는 이룰 수 있을 겁니다."

"…고마워요."

그렇게 말해주는 그가 고마웠다.

희라는 몇 시간 만에 드디어 희미한 미소를 지어 보였다.

사장은 서둘러 돌아갈 항공편을 알아보기 위해 방을 나갔다.

희라는 몇 번이나 내일 병원에 가자고 태민을 설득한 다음에야 그의 방을 나갔다.

북적대는 소란마저 사라지고, 태민이 드디어 방에 홀로 남았다.

태민은 누운 상태로 뇌기호흡을 상경까지 끌어올리며, 조금 전 벌어졌던 전투를 떠올렸다.

천뢰강림이라는, 그가 알고 있는 최강의 천뢰술을 시전한 순간 류리첸도 천염공의 최강 초식을 발현했다.

벼락과 불꽃, 두 개의 힘이 부딪쳤다.

승리한 것은 태민이었다.

그러나 그조차 불꽃을 전부 막아낼 순 없었다. 옷이 타고, 의사의 진단대로 화상까지 전신에 입었다.

그대로 기절한 류리첸을 버려둔 채 희라에게 부축되어 호텔로 올 때까지 솔직한 말로 태민은 어느 정도 기억도 날아가 있었다.

정신이 돌아온 것은 방에 들어와 누웠을 때부터.

체력이 차츰 충전되어 뇌기도 다시 돌기 시작해서야 그의 정신이 맑아졌다.

그래서 그는 병원 가는 것을 거부했다.

쉬고, 병원을 가고, 그런 여유는 지금 없다. 삼합회 측에서 무슨 짓을 꾸미기 전에 이쪽이 선수를 쳐야 하는 것이다.

태민이 침대에서 몸을 일으켰다.

가부좌를 튼 그는 전력으로 뇌기를 운용했다.

전신에 푸르스름한 뇌기가 휘돌더니, 그의 신체 능력을 세 배 이상 증폭시켰다.

신체 능력에는 회복력조차 포함되어 있다.

자잘한 전자기가 근육과 피부 조직을 자극하며, 전신 화상이라는 부상을 회복시키기 시작했다.

약 30분 동안 태민은 치열하게 상경을 유지했다.

"하아……."

천뢰강림으로서 사용한 후 보충되었던 뇌기가 모조리 소모될 만큼의 대작업 후, 그가 침대에 퍼졌다.

"이것도 쉽지가 않군……. 그래도 대충 나았나."

전신이 나른했지만, 일단 울긋불긋한 자국만을 남긴 채 화상이 모두 정상으로 돌아왔다. 아직 뜨뜻한 곳이 남아 있긴 했지만 충분히 움직일 만했다.

그는 잠시 누워 있다가 곧 일어났다.

전신을 나른하게 했던 피로감을 샤워로 다소 풀었다. 나른함이 사라지고 조금씩 힘이 돌아왔다.

그 상태로도 태민은 침대에 누워 공허함에 어쩔 줄 몰라 하다가, 노크 소리에 정신을 차렸다.

문을 열자 조철호 팀장이 서 있었다.

"아, 팀장님."

"몸은 좀 어때?"

그를 들여보내며 태민이 어깨를 으쓱했다.

"쑤시고 화끈거리고, 죽겠습니다."

"대체 무슨 일이 있었던 거야? 뒷산에서 삼합회를 만난 건가?"

태민은 고개를 끄덕였다. 조철호 팀장에게는 그래도 설명할 수 있는 부분들이 많았다.

"그놈들이 회사에서부터 쫓아와, 뒷산에서 희라 씨를 납치하려고 획책했습니다. 그걸 막던 중에 조금 다친 겁니다."

"화염방사기라도 썼나? 아니면 뜨거운 물이라도?"

"뭔지는 저도 잘 모르겠습니다."

얼버무리면서 태민은 표정을 고쳤다.

"혹시 삼합회 쪽 사정은 잘 모르십니까?"

"그렇지 않아도 본사 쪽에 요청은 해놨는데, 딱히 알아서 득될 건 없다는 대답만 들었어. 삼합회라는 게 무섭긴 무서운가 봐."

일개 경호회사가 알아봤자 얼마나 알겠는가. 그보다, 라고 말하면서 조철호 팀장은 태민을 진지하게 바라보았다.

"어떡할 거냐? 언론 대응은 노바에서 알아서 하겠지만, 내 생각엔 쉽게 끝날 것 같지가 않은데 말이야."

"저도 그렇게는 생각합니다만… 일단 최선은 당장에라도 빨리 귀국하는 겁니다. 한국에는 이곳만큼 삼합회의 손길이 닿지도 않을 테고."

"그쪽이 안심은 되지."

"한국에서도 경호 강화를 할 수 있을까요?"

"그렇지 않아도 가디언에 요청해 두었다. 아마 내일부터라도 당장 숙소 부근에 인력이 강화될 거야."

"그건 안심이군요."

태민은 가디언의 사장을 잠깐 떠올렸다가 곧 지웠다. 지금은 그것에 신경 쓸 데가 아니다.

"너는 일단 회복에만 신경 써라. 내일 병원 스케줄은 잡았어?"

"희라 씨가 해준다고 했는데……."

"거참, 최고 아이돌의 걱정을 사다니. 너도 제법이구나."

"그러게나 말입니다."

장난스레 웃은 조철호 팀장이 앉아 있던 소파에서 일어났다.

"룸서비스 시켜 둘 테니까, 그거 먹고 쉬어라. 딴 생각 말고."

"그럴 기운도 없습니다."

태민은 진이 빠진 얼굴로 대답하고는 그를 내보냈다.

다시 방에 혼자가 되자 태민은 멍해지려는 머리를 다 잡고 침대에 앉았다.

가부좌를 튼 상태로 조금씩 뇌기호흡을 시작하자, 서서히 그의 전신에 푸른 뇌기가 감돌았다.

호흡처럼 행하는 것이 아닌 체력을 만들기 위해 행하는 뇌기호흡인 만큼 그의 집중도는 평소와는 궤가 달랐다.

무아지경이라고도 할 수 있는 시간이 지나고, 그는 중간에 들어온 룸서비스를 모두 먹어치운 다음에도 계속해서 뇌기호흡을 이었다.

몇 시간이 지나고 심야.

12시가 다 되어가서야 태민은 눈을 떴다.

온몸이 땀으로 축축했다. 전신에 뇌기를 우겨넣고 또 우겨넣었기에 근육이 팽창하여 입고 있던 트레이닝복이 탄탄해져 있었다.

"살 것 같군."

샤워를 하고 나오자 이제 피로감은 더 이상 남아 있지 않았다.

태민은 머리를 털며 냉정하게 생각했다.

'천염공…… 한 번 더 만나면 어떻게 될지 모르겠군.'

진다는 생각은 없지만, '하늘의 불꽃'인만큼 분명 천뢰와 비슷한 능력이 있으리라.

거기다 그쪽은 태민보다 훨씬 오래 천염을 다뤄왔을 것이다. 오늘처럼 제대로 한 방을 넣지 않았다면, 조금만 방심해도 어떻게 될지 모르는 일이다.

하지만 더 이상 방심하거나 물러설 생각은 없었다.

태민은 침대 머리맡의 전화기를 들어 요코에게 전화를 걸었다.

"태민 씨?! 괜찮아요?!"

받자마자 소리치는 요코의 목소리에 태민은 쓰게 웃음지었다.

"이야기를 들었나 보군요."

"당연하죠! 지금 물밑에선 떠들썩하다고요! 기자들도 난리고!"

"소문 한번 빠르군요, 정말. 걱정하지 마십시오. 저도, 희라 씨도 괜찮습니다."

"그럼 다행이지만……. 얼마나 걱정했는지 알아요?"

그 목소리에는 정말 진심이 담겨 있었다. 호의가 느껴져 태민은 절로 송구스런 마음이 되었다.

"죄송합니다."

"죄송할 것까진 없고요. 연락해 줘서 고마워요. 휴대폰이고 뭐고 전부 고장났다고 해서, 따로 연락하고 싶어도 방해될까 봐 못 하고 있었는데."

"그것도 죄송합니다."

"됐어요, 됐어. 이제 괜찮다면."

딱히 괜찮진 않다. 아니, 다시 괜찮지 않게 될 것이다.

그렇게 덧붙이진 않고 태민이 물었다.

"마틴은 연락 가능합니까?"

"그럼요. 그렇지 않아도 옆에서 바꿔달라고 난리시네요."

전화 목소리가 바뀌었다.

"미스터 정, 별일 없어 정말 다행입니다."

"걱정을 끼쳤군요. 죄송합니다."

"아뇨, 아닙니다. 몸에 이상은 없습니까? 듣자 하니 의사가 왕진했다고 하던데."

왕진이라는, 외국인으로서는 어려운 단어까지 알고 있는 프리먼 사장의 말투에 태민은 피식 웃음이 나왔다.

"그렇지 않아도 내일 정밀검사를 받으러 병원에 오라는 말을 들었습니다만, 괜찮을 겁니다."

"꼭 가십시오. 건강이 우선입니다."

"알겠습니다."

"삼합회가 다소 폭력적인 조직인 것은 알고 있었습니다만, 이 정도까지 막 나가는 곳일 줄은 정말 몰랐습니다."

프리먼 사장의 음성에 심각함이 깃들었다. 태민은 고개를 끄덕이다 말했다.

"그래서 말입니다. 마틴, 부탁이 있습니다."

"뭡니까? 뭐든 말씀하십시오. 병원이나 항공편 수배가 필요합니까?"

"아뇨, 아닙니다. 제가 원하는 건……."

그의 부탁을 들은 프리먼 사장이 흠칫 놀라 몇 번이고 태민에게 되물었다.

결국 태민의 완고한 태도를 수긍한 프리먼 사장은 잠시 기다리라 이르더니, 약 5분 후 방으로 전화를 걸어왔다.

태민은 감사의 인사를 전했다.

"도와주셔서 감사합니다."

"이게… 잘하는 일인지 모르겠군요. 미스터 정의 능력을 알고는 있습니다만……. 절대 무리는 하지 마십시오. 필요하다면 언제든 연락하십시오. 오늘 밤은 줄곧 깨어 있을 테니."

“알겠습니다.”

전화를 끊고 태민은 일어섰다.

어두운 색의 편한 옷으로 갈아입고, 모자와 마스크로 얼굴을 가렸다.

그가 방을 나서기 위해 문을 열었다.

문밖에는 한 남자가 서 있었다.

“팀장님.”

“왠지… 이럴 것 같았지.”

태민은 방 안에서부터 기척을 느끼고 있었다. 하지만 피하기는 힘들 것 같아 일부러 얼굴을 내민 것이다.

“갈 건가?”

“예.”

“다시 한 번 생각해. 소말리아 때와는 전혀 다를 수가 있어. 이놈들은 몇 천 년 동안 조직화되어 온 녀석들이야. 혼자 가서 소말리아 때처럼 소탕이라도 할 수 있을 것 같아?”

태민은 고개를 저었다.

“소탕 같은 건 꿈도 꾸지 않습니다. 저 혼자서 이 거대한 놈들을 상대할 수 있을 리도 없죠.”

류리첸 같은 놈들이 얼마나 더 있을지 모른다. 태민의 천뢰로도 한계란 것이 있다.

“하지만……”

"하지만?"

태민은 한 여자를 떠올렸다.

그 나이의 평범한 인생이라면, 대학교를 졸업해 취직에 골머리를 앓거나, 겨우 취직해 회사에 적응하려고 노력하는 나이일 것이다.

하지만 그녀는 아니다.

한국 최고라는 꼬리표를 달고 있고, 전 세계를 상대로 돌아다닌다.

한국에서 가장 유명한 여인이라고 해도 과언이 아닌, 평범함과는 거리가 먼 생활을 하고 있다.

그러나, 그럼에도 그녀는 한 평범한 여인이다.

꿈이 있고, 좌절도 하고, 누군가를 걱정하고 아낄 줄도 아는.

태민은 말했다.

"한 여자는 구할 수 있겠죠."

그가 떠남에도 조철호는 막지 못했다. 막아봤자 소용없다거나 하는 감정이 아닌, 막지 않는 게 정답이다 하는 마음이었다.

"희라 씨, 잘 부탁합니다."

조철호는 주먹을 불끈 쥐고, 복도 저편으로 사라지는 태민의 등을 바라보았다.

*   *   *

천염공의 계승자, 류리첸이 눈을 뜬 것은 억수같이 비가 쏟아지는 와중이었다.

저녁나절부터 내리기 시작한 비는 수그러들 생각도 없이 미친 듯이 쏟아져 내렸다.

저녁에 내리쳤던 것과 같은 벼락은 더 이상 나타나지 않았다.

그는 그 마지막 벼락 아래에서 발견됐다.

호텔 뒤의 산을 뒤지던 부하들이 류리첸을 발견한 것은 태민과 희라가 사라진 후.

간발의 차이로 태민과 희라를 놓친 부하들은 류리첸을 보고 경악하여 달려갔다. 죽은 줄 안 것이다.

다행히도 그는 단지 실신한 것뿐이었다. 거기서 그들은 두 번째로 경악했다. 그들의 대장인 류리첸이 이렇게 처참한 몰골로 기절한 것을 처음 보았으니까.

태민과 희라의 행적을 쫓을 생각도 하지 못하고 그들은 류리첸을 수습하고, 왕챠오엔에게 연락했다.

왕챠오엔은 대노하며 그를 데리고 오라고 지시했다.

그들은 왕챠오엔이 머물고 있는 아파트로 류리첸을 데리

고 갔다.

이미 삼합회 소속의 의사가 도착해 있어 곧장 진료를 받으니, 다행히 건강에는 이상이 없는 것으로 밝혀졌다.

다만 언제 깨어날지는 의사도 장담하지 못했다.

그렇게 몇 시간이 지나고, 류리첸은 부하들의 우려와는 달리 일찍 눈을 떴다.

"……."

잠시 하얀 천장을 올려다보던 류리첸은 이곳이 자신의 방이라는 사실을 뒤늦게 자각했다.

벌떡 일어나는 그에게, 대기하고 있던 부하가 후다닥 달려왔다.

"형님! 일어나셨습니까!"

"…실장이라고 부르라고 했을 텐데."

"죄송합니다! 실장님!"

그의 대외적 직책은 폴라리스 비서실장. 사장 왕챠오엔을 측극에서 보필하기에는 적당한 직위다.

그가 잠깐 고개를 흔들다가 옆에 있던 물을 들어 목구멍으로 넘겼다.

타는 듯한 갈증이 어느 정도 해소가 되는 듯하고, 그가 침대에서 일어섰다.

"사장님은?"

가장 처음 묻는 것이 왕챠오엔의 행방.

"그렇지 않아도 형… 실장님이 깨어나면 올라오라고 전하라고 하셨습니다. 지금 위에서 기다리고 계십니다."

류리첸을 옷을 챙겨 입으며, 정신을 잃고 있던 몇 시간 동안 일어난 일을 전해 들었다.

시계를 확인하고, 어느새 심야가 되어버린 시간에 잠깐 놀란 뒤 그가 방을 나섰다.

이 아파트는 일종의 요새 용도로 지어졌다.

삼합회 홍콩 구역을 다스리기 위한, 대놓고 삼합회만을 위해 만든 아파트로, 밖에서 보면 고급 오피스텔 정도로 보이지만 속은 전혀 아니었다.

층층마다 삼합회 소속 조직원이 살고 있었고, 현재 활동하고 있는 홍콩의 조직원들이 거의 전부 이곳에서 키워지고 자라났다고 해도 과언이 아니다.

전체라고 하긴 그렇지만 홍콩 삼합회의 대부분이 이 안에 있다.

류리첸은 그들을 이끄는 왕챠오엔의 직속 부하. 때문에 이 빌딩 내에서는 왕챠오엔이 없는 경우 그와 같은 대우를 받을 정도다.

복도로 나와 엘리베이터를 타자, 이미 그가 나온 것을 안 부하들이 그를 보필하고 섰다.

네 명의 보필을 받으며 류리첸은 최고층, 펜트하우스로 향했다.

전용 엘리베이터를 타야 올라갈 수 있는 이곳 펜트하우스에는 삼합회의 둘째 보스, 홍콩 구역 담당인 왕챠오엔이 살고 있다.

띠잉!

엘리베이터 문이 열렸다.

드넓은 거실이 나타났다.

이 빌딩에 사는 모든 조직원이 올라와도 수용이 가능한 넓이.

그리고 그 끝에 홍콩의 야경이 내려다보이는 거대한 베란다를 앞에 두고 왕챠오엔이 서 있었다.

그에게 술을 가져다주고 있던, 차이나드레스를 입은 아가씨가 류리첸을 발견하고, 왕챠오엔에게 슬쩍 귓속말했다.

"정신이 들었나?"

왕챠오엔이 몸을 돌렸다.

류리첸이 그의 앞으로 다가가 무릎을 꿇었다.

"죄송합니다. 실패했습니다."

"결과는 이미 알고 있으니 또 다시 말할 필요가 없다. 중요한 건 왜 그렇게 됐냐는 거지."

왕챠오엔이 후덕한 몸을 움직여 베란다 앞의 소파에 앉

왔다.

저 소파 하나가 홍콩의 일반 아파트과 동일한 가격이라는 것을 류리첸은 알고 있다. 그런 고급 소파가 왕챠오엔의 밑에서 삐걱댔다.

"말해라."

"예. 유희라와 정태민이 올 방향을 예상하여, 먼저 가 기다리고 있었습니다. 놈들이 나타나서 정태민을 쓰러뜨리고 유희라를 데리고 오려 하였으나……."

"하였으나?"

류리첸이라도 다음 말을 꺼내기 위해서는 몇 번 침을 넘길 필요가 있었다.

"졌습니다."

챙—

왕챠오엔이 든 잔 안에서, 녹은 얼음이 미끄러지며 유리잔과 부딪쳤다.

그 소리가 무언가를 위한 선고 같다고 류리첸은 생각했다.

"졌다고? 네가? 천염공의 현 계승자가?"

왕챠오엔의 목소리에 웃음기가 깃들었다. 재밌는 농담이라도 들은 듯한 반응이다. 하지만 류리첸은 웃지 못하고 이마를 바닥에 박았다.

"죽여주십시오."

“…….”

탁!

왕챠오엔이 잔을 테이블 위에 놓았다.

“변명은 그게 다인가?”

“…죽여주십시오.”

“분명히 말했지. 유희라, 그년을 내 발아래로 데리고 오라고.”

“꺅!”

말하며, 왕챠오엔이 빈 잔에 다시 술을 따르러 온 여자의 허리를 낚아챘다.

타이트한 챠이나드레스 안에 손을 집어넣어 여자의 가슴을 맘대로 주무르며, 그가 으르렁거리듯 이를 드러냈다.

“내가 고작 이딴 년이나 만지고 있어야겠나? 언제까지 기다리란 말이지?”

“…….”

“강기수라고 했던가. 그 인간한테 약속을 받은 게 벌써 2년 전이다. 그 앙칼진 년이 버티고 버틴 것이 그 2년이라는 것이다. 내가, 왕챠오엔이 고작 그딴 년 안아보자고 2년이나 기다렸다 이 말이다!”

류리첸은 더욱 이마를 갖다박았다. 그가 모시는 자, 왕챠오엔의 화를 돋구면 어떻게 되는지 가장 잘 아는 사람이 바로 그다.

그렇기에 류리첸은 몇 번이나 고개를 숙인 후 들었다.

"한 번만 더 기회를 주십시오. 오늘 해가 떠오르기 전에 유희라를 데리고 오겠습니다. 그 후 이 목숨, 보스에게 바치겠습니다."

왕챠오엔이 류리첸을 쳐다보았다.

이런 잘못을 하고서도 왕챠오엔과 이렇게 눈을 마주칠 수 있는 것은 홍콩에서는 류리첸뿐이었다.

왕챠오엔은 류리첸을 신용했다. 어릴 적부터 자신이 키워 온 자신과 칼이나 마찬가지였다.

목숨을 거둔다거나 하는 것은 지금도 전혀 생각지 않고 있다. 한 번 더 기회를 주는 것도 충분히 할 수 있다. 그러나 중요한 것은,

"또 다시 실패하면, 이 홍콩에서 살아 있지 못할 거라 생각하라."

"옛!"

류리첸은 다시 한 번 머리를 바닥에 박았다.

콰광―!

베란다 밖으로 벼락이 내려쳤다.

잠시 괜찮아지나 했던 비가 다시 한 번 강해졌다.

"그래, 대체 그놈이 어떻게 너를 쓰러뜨린 거냐?"

왕챠오엔이 물었다. 고개를 든 류리첸이 몽롱한 눈으로 왕챠오엔의 손에 움찔대고 있는 여자를 힐끗 쳐다보고는 대답했다.

"천뢰, 라고 아십니까?"

"천뢰? 천염 계통이냐?"

"천염 계통이라 불리는 무공은 네 가지가 있는 것으로 알고 있습니다. 천염공, 천풍공(天風功), 천금공(天金功), 천류공(天流功). 하지만 천뢰는 저도 처음 들어보는 무공입니다."

"그게 어쨌다는 거지?"

"정태민, 그놈의 힘이 천뢰라고 불리는 것이었습니다."

"호오?"

왕챠오엔의 눈매가 가늘어졌다.

"우리 삼합회 외에도, 반도의 땅덩어리 주제에 무공의 맥이 남아 있었다, 이 말이냐?"

"그러합니다만……."

류리첸의 어조가 작아졌다.

"그러하다, 그런데 뭐?"

"그것은 무공이 아니었습니다. 좀 더 본질적인, 인간의 무공을 뛰어넘은……."

류리첸은 마지막 공격을 떠올렸다.

정태민의 뇌기에 의해 하늘에서 떨어져 내린 벼락, 그것은…….

"벼락 그 자체… 였습니다."

쫘르르룽!

벼락이 번쩍였다.

"훙."

왕챠오엔이 시시하다는 듯 여자를 아무렇게나 내팽개치고 소파에서 일어섰다.

"그래서? 그게 뭐 어쨌다는 게냐. 우리가 너에게 준 천염의 힘이 그 정도 벼락에 무너질 정도라고 여기는 것이냐?"

"그것은 아닙니다. 다만, 다음에는 결코 방심하지 않으리라는 말입니다."

"그래, 그래야지."

그가 다시 베란다 앞으로 걸어갔다.

세찬 비가 쏟아지는 야경을 보며, 그가 창에 달린 문을 열었다.

쫘르르룽!

또 다시 벼락이 내리치고 홍콩이 잠깐 허옇게 물들었다.

그가 비가 쏟아지는 베란다로 나갔다.

물론 그가 비에 젖을 일은 없다. 펜트하우스의 지붕이 베란다 전체를 뒤덮고 있다. 비가 쏟아지는 것은 저 앞의 일.

오로지 그만이 사용할 수 있는 베란다에서 하늘을 올려다보던 그의 얼굴은 또 한 번의 벼락이 허옇게 물들였다.

쿠르릉!

"벼락이든 뭐든, 이 홍콩에 들어온 이상 내 손을 벗어날 순 없다."

"물론입니다."

따라 나온 류리첸이 대답했다.

"반드시 유희라를 잡아 보스 앞에 데리고 오겠습니다."

류리첸은 허리를 숙여 보이고 고개를 들었다.

그의 표정은 비장했으며, 누구도 건드릴 수 없을 단호함이 서려 있었다.

그러나,

그 표정이 고개를 든 순간 단숨에 무너졌다.

꽈르르릉!

푸른 벼락을 배경으로, 베란다 끝 난간 위에 누군가가 서 있었다.

"다행이야. 여기가 맞았군."

사내가 말했다.

"자, 이제 이 더러운 일을 끝내볼까?"

제10장
하늘을 찢다

마천루.

홍콩의 야경 사이에 공허하게 솟아 있는 30층짜리 빌딩을 태민은 올려다보고 있었다.

사방의 어둠에 녹아든 듯 지나는 행인조차 없는 곳에서 태민은 서 있었다.

그의 눈은 고요하게 빛났다.

태민이 프리먼 사장에게 부탁한 것은 다름 아닌 류리첸의 보스, 왕챠오옌의 위치였다.

아무리 프리먼 사장이라고 해도 그런 정보를 알고 있을 리가 없다. 그러나 그는 정보를 알 만한 사람을 알고 있었다.

홍콩에 오기 직전, 태민이 한국에서의 경호 의뢰를 수행했던 홍콩의 자산가가 바로 그 정보의 출처였다.

일부 삼합회의 자금을 통해 자랐다는 그의 이여기를 태민은 경호 임무 수행 시 들은 적이 있다.

그를 소개한 것이 프리먼 사장이었으니, 그라면 왕챠오엔의 위치를 알 수 있으리라 여긴 것이다.

프리먼 사장은 그 정보를 알아왔다. 물론 거기다 아닐 수도 있다는 단서가 달려 있긴 했지만, 태민으로서는 시도해 보지 않을 수가 없었다.

그래서 이곳에 왔다.

오늘 밤이 지나기 전, 이 악몽 같은 사태를 쓸어버리기 위해서.

태민은 챙을 살짝 눌러 쓴 다음 길을 건넜다.

차도 지나다니지 않는 이 도로는, 듣자 하니 홍콩 내에서도 굴지의 부자들만 지내는 곳이라서 아무 차나 함부로 들어오지 못하는 곳이라 한다.

홍콩에서도 외곽인 곳이지만, 택시 기사가 한 번에 데려다 주는 것을 보니 유명하기는 확실히 유명한 모양이었다.

한국으로 치자면 파워팰리스 같은 곳으로, 이곳 펜트하우스에 왕챠오엔이 머물고 있다는 정보를 태민은 믿고 왔다.

아파트는 커다란 담으로 둘러싸여 있었고, 곳곳에 경비도 지키고 있었다.

감시카메라도 있었고, 태민의 감에 숱한 장치도 깔려 있는 듯했다.

그러나 그 모든 것이 태민에게는 소용이 없었다.

그는 아주 가볍게 담을 뛰어넘고 단지 안으로 들어갔다.

단지 안도 마찬가지로 어둠이 깔려 있었다. 태민 혼자 이동하기에는 적격이었다.

태민은 주변으로 천뢰의 그물을 퍼뜨려 혹시나 있을지 모를 감시카메라나 전자기기를 주의하면서 건물 가까이로 갔다.

건물 곳곳에 불이 켜져 아직 잠들어 있지 않은 분위기를 연출했다.

태민은 벽에 붙어 서서 주변을 살핀 뒤 위를 올려다보았다.

30층이면 대충 따져도 75미터 정도.

그 높이에 펜트하우스가 있는 것이다. 일반적으로 생각하자면 엘리베이터 이외에는 올라갈 방도가 거의 없어 보인다.

실제로 저 펜트하우스에 가기 위해서는 전용 엘리베이터를 이용해야 한다. 펜트하우스인만큼 그만큼의 보안 처리가 되어 있다는 것인데,

"상관없지."

태민에게는 하등 의미없는 것이었다.

억수같이 비가 쏟아지고 있는데, 이 환경이 태민에게는 훨씬 더 좋았다.

오늘을 넘겨선 안 된다. 오늘 안에 모든 일을 해결하리라고 마음먹은 이상, 태민은 물러서지 않았다.

곳곳에 불이 켜진 건물을 손으로 짚었다.

그리고 다음 손을, 그다음은 발을.

그는 올라가기 시작했다. 빌딩의 옆면을 타고.

30층, 70미터를 훌쩍 넘어가는 빌딩의 옆면을 전자기를 이용, 마치 스파이더맨처럼 잡고 올라가는 것이다.

서두르지 않았다.

뇌기를 조절하여 최대의 흡착력을 만들어내고, 혹시나 불이 켜진 집은 조심하며 돌아가기도 했다.

비가 쏟아부었지만 그에게는 전혀 상관없는 일이었다.

그는 매우 당연한 일을 하는 것처럼, 그리고 놀라운 속도로 빌딩을 타고 올라갔다.

비가 내리는 어두운 밤이 아니었다면, 아무리 행인이 드문 동네라고 해도 목격당했을지도 모른다.

그렇기에 오늘이 정말 좋은 날인 것이다.

태민은 약 5분 정도 걸려 30층에 도착했다.

펜트하우스에는 환하게 빛이 켜져 있었다. 저 조명에 전기세가 대체 얼마나 드는 것인가 하는 생각을 하면서 태민이 베란다 난간을 손으로 턱 잡았다.

꽈르릉!

그를 응원하듯 하늘에서 벼락이 떨어졌다.

그가 난간 위에 올라섰다.

베란다에는 그만 있는 것이 아니었다. 태민은 마중이라도 나온 거냐고 묻고 싶었다.

난간에 서자 안면이 있는, 류리첸의 얼굴이 보인다. 그의 얼굴에 경악한 표정이 서렸다.

"다행이야. 여기가 맞았군."

태민은 안도했다. 여기까지 오면서도 이곳이 아니면 어쩌나 하고 걱정했는데, 다행히도 정확했다.

류리첸 앞에는 폴라리스 회의실에서 봤던 사장, 왕챠오엔도 있었다.

태민이 씨익 웃었다.

"자, 이제 이 더러운 일을 끝내볼까?"

태민이 난간에서 뛰어내렸다.

류리첸이 앞으로 튀어나갔다.

류리첸의 손이 태민에게 닿기 전, 태민이 왕챠오엔의 가운깃을 잡아챘다.

으악, 하고 소리를 지르지도 못하고 왕챠오엔의 거구가 태민의 힘에 이끌려 끌려왔다.

태민이 왕챠오엔의 목을 잡은 채 난간으로 밀어붙였다.

쿵!

왕챠오엔의 등이 난간에 부딪쳤다. 가슴 높이 정도 되는 난간 너머로, 태민에 의해 밀어붙여진 상체가 넘어갔다.

"보스!"

달려오려는 류리첸을 향해 태민이 손을 들었다.

"진정해. 내가 놀라면 어떡하려고 그래? 손에서 힘이 빠져서 너네 보스를 이 빌딩 아래로 떨어뜨릴 수도 있어."

"……!"

류리첸의 눈이 커졌다. 태민이 피식 웃었다.

"눈이 그렇게 커지기도 하는군. 그렇게 안 되게 조심하란 말이야. 너도, 당신도."

태민이 버둥대는 왕챠오엔을 돌아보았다. 눈이 마주치자 왕챠오엔의 버둥거림이 멈췄다.

왕챠오엔도 삼합회 소속으로 어릴 때부터 무공을 쌓았다. 다만 재능이 없는 건지 그다지 소질은 없었고, 그를 대신하여 무력을 발휘하는 류리첸이 있었기에 더더욱 힘을 쌓진 않았다.

그렇기에, 그런 그가 아무리 태민의 팔을 떼어내려고 해도 꿈쩍도 하지 않는 것이다.

파직!

태민이 푸른 뇌기가 감도는 손에 힘을 더 넣었다. 왕챠오엔은 숨이 턱 막히는 바람에 혈색이 하얗게 질려갔다.

"보, 보스!"

안쪽에서 대기하고 있던 자들이 베란다로 뛰쳐나오려고 했다.

태민이 왕챠오엔의 상체를 더욱 바깥으로 밀어붙였다.

"그만!"

류리첸이 손을 들어 부하들을 제지했다.

"너희들은 오지 마라. 이곳은 내가 해결한다."

태민의 10미터쯤 앞에서 류리첸이 태민을 바라보았다.

"이게 뭐하는 짓이지? 지금 대체 네놈이 무슨 짓을 하려는 건지 알고는 있는 것이냐?"

"걱정 마, 잘 알고 있다. 네놈 보스의 목숨 줄을 잡고 있는 거지."

태민이 손을 한번 휘저었다. 왕챠오엔이 히익 소리를 지르고, 류리첸을 뛰쳐나가려는 몸을 겨우 참았다.

"…목적이 뭐지?"

한 번 숨을 고른 뒤 류리첸이 말했다.

"목적? 뻔한 거 아닌가?"

태민의 눈에서 푸른 빛이 감돌았다.

"유희라에게 손대지 마라. 중국 진출에 시비 걸지 마라, 는 말은 하지 않겠다. 유희라에게 손대지 마. 그거면 된다."

"그게 받아들여질 거라 생각하는가?"

류리첸이 이죽댔다.

"삼합회가 원하는 이상, 이 홍콩 땅에서 이뤄지지 않는 일은 없다. 보스가 그년을 원한다. 그럼 취해야 되는 것이다."

"그 보스가 이 자식이지?"

태민이 왕챠오엔의 목덜미를 잡은 손에 힘을 주었다.

"이 자식이 없어지면 되겠군."

휙—

왕챠오엔의 몸이 허공에 뿌려졌다.

"……!"

"…미친!"

부하들이 기어코 안에서 뛰어나왔다. 류리첸 또한 대경하여 베란다 난간으로 달라붙었다.

"보스……!"

그들의 눈에 놀라운 광경이 보였다.

파지지직!

왕챠오엔의 몸이 허공에 떠 있었다.

30층보다 한 층 아래 정도 높이에, 푸른 뇌기에 감싸인 채 떠 있었다.

그 뇌기의 주인은 당연히 태민.

삼합회 놈들과 거리를 둔 곳에서, 한 손을 난간 밖으로 뻗은 그가 여유로운 태도로 서 있었다.

뻗은 손에서 푸른 뇌기가 실처럼 새어 나와 허공에 왕챠오엔의 몸을 붙잡고 있었다.

그가 웃었다.

"저 자식이 없어지면 되는 건가?"

부하들이 날뛰려고 하는 것을 류리첸이 막았다.

그가 금방이라도 불꽃이 일렁일 것 같은 눈으로 태민을 쏘아보았다.

하지만 그도 상황이 누구 손에 있는지 충분히 알고 있었다.

뇌기로서 허공에 묶여 있는 왕챠오엔. 그 뇌기가 흐트러지는 순간, 그의 목숨은 30층 아래로 사라질 것이다.

보스를 살리지 못한다면, 그의 존재에도 의미가 없다.

충성을 다할 주인이 없는데 사냥개가 무슨 소용이 있겠는가. 류리첸은 자신을 그렇다고 여겼다.

"저, 자식을 잡아 죽여!"

그때, 허공에서 버둥대고 있던 왕챠오엔이 소리쳤다.

"뭐하고 있어! 저 자식을 잡아 죽여 버려!"

"거, 아저씨도 참. 간이 크시군."

태민이 손을 한번 휘저었다.

뇌기가 끊어졌다. 그 순간 왕챠오엔의 거대한 몸이 바닥으로 낙하를 시작했다.

"보스!"

"으아아아아아아아악!"

왕챠오엔이 미친 듯이 소리를 질렀다.

그러나 잠시 후, 그들은 무언가가 이상함을 알아챘다. 떨어지긴 떨어졌지만, 금방 그 낙하감이 사라진 것이다.

"푸하하하핫!"

태민이 웃음을 터뜨렸다.

그가 난간 밖으로 고개를 내밀고 한껏 비웃었다.

"잘도 소리치더니 죽는 건 무서웠나 보군? 비명 소리, 아주 잘 들었어."

"…크윽!"

왕챠오엔이 버둥거리는 것조차 잊고 고개를 꺾었다.

그의 가랑이 사이가 축축했다. 비와는 다른, 분명 무언가가 내부에서 솟아나온 축축함이었다.

류리첸이 가늘에 눈을 찢고서 태민을 보았다.

"가지고 놀 생각으로 온 것이냐?"

"그렇게 한가해 보이나? 오늘만 해도 목숨이 날아갈 뻔한 게 몇 번인데."

태민이 진지하게 말했다.

"다시 한 번 말한다. 유희라에게서 손을 떼라. 일절 관심을 갖지 마. 그럼 네놈 보스도, 네놈들도 전부 아무 이상 없이 앞으로도 살아갈 수 있을 거다."

류리첸은 그것이 거짓이 아님을 직감했다.

무언가가 변했다.

아니, 숨기고 있었던 것인가?

몇 시간 전, 호텔의 뒷산에서 만난, 유희라를 지키기 위해서만 싸웠던 자와는 전혀 다른 모습이었다.

뇌기를 몸에 두른 채, 그들의 보스를 한 손에 잡고, 다른 손으로는 모든 삼합회 홍콩 조직원을 상대할 작정으로까지 보였다.

놀라운 점은 그것이 전혀 헛된 망상이라고 생각되지 않는다는 것이었다.

'…웃기고 있군!'

류리첸은 진각을 밟았다.

한순간 그가 사라지는가 싶더니 태민의 앞에서 쑤욱 솟아올랐다.

태민이 놀라 손을 휘둘렀다. 파란 뇌기가 쏘아져 나갔으나, 류리첸은 그것을 피해내고 태민에게 주먹을 뻗었다.

"…홍!"

그 순간 태민이 뇌기 방출을 포기했다.

"으아아아아아아악!"

태민의 뇌기로 공중에 떠 있던 왕챠오엔이 추락을 시작했다.

그러나 미리 대기하고 있던 삼합회 조직원 한 녀석이 허리에 비상용 로프를 맨 체 허공으로 날았다.

그들도 모두 적게나마 무공을 쌓은 상태.

그가 떨어지려는 왕챠오엔의 허리를 낚아채는 순간, 로프가 팽팽해지면서 두 사람의 몸이 빌딩 옆면에 격돌했다.

아래쪽의 기척이 어수선해졌다.

태민은 류리첸의 공격을 피해 뒤로 물러서면서 혀를 찼다.

"쳇. 준비가 좋군."

"우습게 보지 마라. 여기가 어디라고 생각하는 것이냐."

류리첸이 허리를 펴고 섰다. 태민과 비슷한 눈높이. 그가 흘러내리는 머리를 뒤로 넘기며 말했다.

"너의 시도는 이제 끝났다. 항복하면 목숨 정도는 살려줄 수도 있다."

"후우, 그러게. 이렇게 허무하게 끝나다니."

왕챠오엔이 구조되고 있는 모양이었다. 뭔가 시끄럽더니 펜트하우스 쪽에서 부하 하나가 달려와 소리쳤다.

"보스께서 절대 살려두지 말라고 하십니다!"

류리쳰이 입꼬리를 말아올렸다.

"미안하군. 항복해 봤자 살려둘 수가 없게 되었다."

"아니, 걱정 마라, 그 점은."

태민은 고개를 저었다. 잠깐 하늘을 올려다보는 듯하더니, 다시 고개를 내린 그의 눈에 푸른색이 감돌았다.

"그건 너희들도 마찬가지니까."

"뭐라고?"

"첫 번째 시도가 무너졌으면, 이게 이 수밖에 안 남았지. 잘 들어라. 난 지금껏 누군가를 죽인 적은 없어. 죽여 버리고 싶은 적은 많았지만, 실제로 누군가를 죽일 용기는 안 나더군. 그러니까."

그는 손을 털었다.

"너흰 전부 불구가 되어라."

푸른 뇌기가 그를 감싼 그 찰나, 삼합회 조직원 앞에서 태민은 더 이상 보이지 않았다.

파직!

한 번의 뇌기.

부하 한 놈이 무너져 내렸다.

파직! 파지직!

연속으로 두 놈이 쓰러졌다. 전기가 감전되어 척추 아래로 모든 신경이 타버렸다.

숨은 붙어 있으나 앞으로 그들이 멀쩡히 걸어다닐 일은 없을 것이다.

태민은 삼합회 조직원들 사이에서 날뛰었다.

그가 열두 명의 조직원을 모조리 쓰러뜨리는 데에 걸린 시간은 불과 10초.

그사이 류리첸은 그의 움직임을 단 한 번도 잡아내지 못했다.

그것을 깨달은 순간, 그는 단숨에 펜트하우스를 달려 내려갔다.

엘리베이터가 타이밍 좋게 멈추며 그 안에서 수하들이 우르르 달려나왔다.

"저 자식을 막아라!"

태민을 가리킨 뒤 그가 엘리베이터로 뛰어들었다.

태민이 향할 곳은 뻔하다. 바로 왕챠오엔. 이번 일의 원흉은 바로 그 왕챠오엔이다.

'젠장, 멍청한 돼지 새……!'

그렇게 떠올리다 류리첸은 흠칫 놀랐다. 지금 자신이 무슨 생각을 했단 말인가?

평생 충성을 바쳐온 보스를 향해 멍청한 돼지 새끼라니?

스스로의 변절의 류리첸은 숨이 막힐 듯이 놀랐다.

금방 고개를 저었다.

'보스의 욕심이 아니었다면 이런 일도……'

그리고 깨달았다. 자신은 태민을 막을 수 없다는 것을.

태민을 막을 자는 오로지 왕챠오엔뿐이다. 왕챠오엔이 유희라를 포기해야만, 푸른 벼락을 막을 수 있는 것이다.

띠잉!

엘리베이터가 열리자마자 그가 복도를 내달렸다.

왕챠오엔은 15층에 있었다. 류리첸은 빌딩에 있는 모든 인원을 펜트하우스에 올려 보낸 뒤 왕챠오엔이 있는 방으로 뛰어들었다.

"보스!"

"류리첸?! 여기서 뭐하는 게냐! 당장 그 자식을 잡아 죽여!"

왕챠오엔이 땀과 비에 젖은 몰골을 한 채 소리쳤다. 류리첸이 그 앞에 가 무릎을 꿇었다.

"철회해 주십시오."

"뭐라고?"

"유희라를 포기하는 게 좋을 것 같습니다. 다른 좋은 여자를 찾아 바치겠습니다. 유희라는… 포기해 주십시오."

왕챠오엔이 앉은 자리에서 벌떡 일어났다.

"미친 거냐! 지금 뭐라고 한 거냐! 나보고 유희라를 포기하라고?!"

"포기해 주십시오, 보스."

류리첸이 머리를 거세게 바닥에 박았다.

그 모습을 왕챠오엔이 맘에 안 드는 것을 본 듯 쳐다보다가, 거칠게 뒤통수를 질끈 밟았다.

"다시 말해봐라. 뭐라고?"

"포기해… 주십시오."

"이 병신 같은 놈이……!"

그가 류리첸의 옆구리를 걷어찼다. 그러나 류리첸은 움직이지 않았다. 제대로 단련도 하지 않은 왕챠오엔의 발길질에 움찔이라도 할 만큼 수양이 얕지 않은 것이다.

그것이 더 맘에 안 드는 듯 왕챠오엔의 발길질이 점점 더 심해졌다.

하지만 류리첸은 꿈쩍도 하지 않았다.

주변의 부하들이 그를 말리려고 하던 찰나에, 숨을 씩씩 내쉬던 왕챠오엔이 마지막으로 류리첸의 옆구리를 걷어차더니 말했다.

"닥치고, 그 새끼를 잡아와! 유희라 그년도! 감히 누구한테 반항한 건지 내가 알려주……!"

그러나 그 말은 완성되지 못했다.

우르르르릉!

한 차례 천둥 소리가 들리는가 싶더니, 뒤늦게 빛이 번쩍했다.

무언가가 빌딩에 떨어졌다.

류리첸은 직감적으로 깨닫고 고개를 번쩍 들었다.

순간 시야가 환하게 백화됐다. 그뿐만이 아닌 왕챠오엔도, 주변의 부하들도, 빌딩에 있는 모든 자가 그랬다.

꽈르르르릉!

그 벼락은 빌딩을 관통하고 지면까지 달려 내려갔다.

천뢰강림.

류리첸이 한차례 당해 기절을 했었던 그 공격이, 빌딩 전체에 내리꽂힌 것이다.

“……”

“……”

방 안에 침묵이 감돌았다.

어쩐지 빌딩 전체가 침묵에 빠져든 것처럼 보였다.

모두가 본능적으로 안 것이다. 좀 전의 벼락은 결코 자연적인 것이 아님을.

인간이 태어날 때부터 가지고 태어난다는, 이론적으론 이해할 수 없는 본능 영역의 깨달음이었다.

류리첸이 자리에서 일어났다.

“보스.”

왕챠오엔이 비틀대다 쓰러지듯 주저앉았다. 겨우 소파 위에 앉긴 했지만, 그렇다고 그는 멀쩡한 상태가 아니었다.

형광등이 깜빡깜빡거렸다.

그 아래에서 왕챠오엔의 얼굴에 식은땀이 그득했다.

“포기해 주십시오.”

류리첸이 한 번 더 말했다. 왕챠오엔이 흠칫 놀라며 류리첸을 올려다보았다.

그는 대답하지 않았다.

두 사람을 가르듯 목소리가 날아 들어왔다.

“그래, 포기해.”

끼익―

문이 삐거덕 열렸다.

들어온 것은 태민이었다.

방 안의 모든 이가 얼어붙었다.

류리첸이 흠칫 놀라 뒤를 돌아섰다. 태민은 그를 한 번 힐끗 보더니, 매우 여유로운 걸음걸이로 안으로 들어왔다.

그는 아주 멀쩡했다. 분명 수십 명의 조직원을 상대했을 터인데도, 숨소리 하나 흐트러지지 않은 채 왕챠오엔 앞에 섰다.

숨이 막힌 것은 왕챠오엔이었다.

태민과 눈이 마주친 순간부터 그는 눈도 돌리지 못한 채 얼어붙었다.

본능적인 공포감이 왕챠오엔의 뇌리를 붙잡은 것이다.

그를 한 번 보고, 류리첸을 한 번 더 보고, 태민이 다시 왕
챠오엔을 내려다보았다.

"대답은?"

"뭐… 뭐?"

떨리는 왕챠오엔의 목소리.

"이렇게 충성 넘치는 부하의 말에 대답해야 할 거 아냐. 포
기할 거냐?"

"……."

왕챠오엔의 얼굴이 붉어졌다. 다리가 후들거릴지언정, 포
기한다는 말은 차마 나오지 않는 모양이었다.

"이 지경이 되었는데도 아직도 제대로 대답을 못하는 건
가?"

태민은 주변을 둘러보더니 가까이 있는 조직원 하나 앞으
로 갔다.

그가 흠칫 놀라는 사이, 그의 팔을 붙잡는가 싶더니 단숨에
전격을 질러 넣었다.

파지지직!

그가 비명조차 쓰러지지 못하고 무너져 내렸다. 일말의 용
서도 담지 않은 일격이었기에 깨어나지 못했다.

"방금 네놈 부하 하나가 목 아래의 모든 신경을 잃었다. 이
방에 있는 걸 보니 제법 신임하는 부하였을 텐데, 맞나?"

태민이 다른 부하들과 눈을 마주쳤다.

그들은 금세 시선을 돌렸다. 눈이 마주친 순간, 그의 동료처럼 될지도 모르기 때문이었다.

대답이 돌아오지 않자 태민이 다른 희생자를 찾아나섰다.

그 앞을 류리첸이 막아섰다.

"그만해라. 부하들은 죄가 없다!"

"여기서 네놈들 하고 같이 숨을 쉬고 있다는 것도 잘못이야. 똑같은 놈들이란 소리니까."

받아치며 태민이 손을 뻗으려 하자, 류리첸이 그에게 주먹을 찔렀다.

내공이 담긴 일격이었기에 태민도 쉽게 받아내진 못했지만, 물 흐르듯 흘려넣은 다음 그의 목덜미에 손을 뻗었다.

"그럼 너부터 당해라."

파직!

일순, 목 아래의 감각이 사라졌다.

다리가 풀리며 류리첸이 그 바닥에 쓰러졌다.

"리첸!"

왕챠오엔이 벌떡 일어섰다. 태민이 그를 노려보았다.

"드디어 반응을 보이는군. 걱정 마. 이놈은 좀 중요한 것 같아서 쉽게 보내진 않아. 하지만, 한 번 더 전격을 날리면 정말로 끝나겠지."

천염공의 계승자임에도 이렇게 허무하게 당한 것은, 류리첸이 본능의 영역에서 이미 태민을 겁내고 있었기 때문이다.

왕챠오엔을 다시 한 번 쳐다본 태민이 말했다.

"굴욕적인가? 팔도 잘리고 다리도 잘린 그런 기분이겠지. 지금 그 기분, 똑똑히 기억해 둬. 네놈이 유희라에게 한 짓이 바로 그런 거니까."

부들부들 떨고 있는 왕챠오엔 앞에 가 태민이 그를 내려다보았다.

이렇게 보니 키도 작다. 후덕한 몸집으로 인해 커 보이지만, 태민의 콧잔등에 겨우 닿을 만한 키였다.

태민이 말했다.

"내 모든 것을 걸면 네놈 전체를 쓸어버릴 수도 있다. 하지만 그래 봤자 내가 얻는 건 없어. 내가 원하는 건 한 가지다. 유희라에게서 손을 떼라. 앞으로 영원히 유희라를 포기해라."

왕챠오엔이 허망한 눈으로 류리첸을 내려다보았다.

그가 가장 신임하는 부하가, 지금은 아무 행동도 못한 채 그저 죽은 쥐처럼 움찔움찔거리고만 있었다.

그의 성이라 여겼던 이 빌딩이 단 몇 십 분 만에 이런 꼴이 되다니, 상상조차 하지 못했던 일이다.

그러나 눈앞의 남자는 그 일을 해냈다.

　삼합회 홍콩 구역 전체를 홀로 상대하고, 이렇게 눈앞에 멀쩡히 서 있다.

“……”

　왕챠오옌이 숨을 몰아쉬었다.

　무겁게 소파에 몸을 묻더니, 그가 태민을 올려다보았다.

“…리첸은 더 이상 손대지 마시오.”

“물론.”

“나를 이긴다고 하더라도, 다른 형제들이 가만히 있으리라 곤 생각지 마시오.”

“그건 네놈 입에 달려 있겠지. 그리고 네놈 부하들 입단속이랑.”

“……”

　한 마디도 지지 않는다.

　이런 남자가 있었다니, 하고 감탄을 하고 있을 수만은 없다는 사실에 왕챠오옌은 울고 싶었다.

　후들거리는 다리를 붙잡은 채 그가 숨을 몰아쉬었다.

　인정하고 싶지 않다.

　그러나 인정해야만 한다.

　그것이 자신을 비롯한 많은 이를 살리는 결정이다.

　이 지경까지 와서야 그는 자신이 잘못된 길을 달리고 있었다는 것을 깨달았다.

한참 후에야 왕챠오엔이 얼굴을 감싸며 대답했다.

"…포기하겠소."

*　　*　　*

"보냈다고요?! 혼자?!"

희라가 소리쳤다. 조철호 팀장은 얼굴을 들진 못했지만, 그렇다고 물러서지도 않았다.

"예. 해결하고 오겠다고 하고 갔습니다."

"혼자 보내면 어떡해요! 몸 상태가 어떤지 뻔히 알잖아요!"

희라는 흥분을 감추지 못했다.

잠깐 쉰다는 것이 꽤 깊이 잠이 들어 희라는 새벽녘에나 깨어났다.

일어나자마자 핸드폰을 확인했는데, 거기에 요코가 보낸 메시지가 와 있었다.

—태민 씨, 돌아왔어요?

얼떨결에 번호를 교환했는데, 첫 문자가 이런 거라니.

희라는 서둘러 태민의 방으로 달려왔다. 그러나 그곳에는 태민이 아니라 조철호 팀장이 있었다.

조철호 팀장에게서 모든 것을 들은 희라가 대충 옷을 걸치고 로비로 뛰어 내려갔다.

그의 말에 따르면 이미 태민이 떠난 지 세 시간이 지났다.

어디로 갔는지는 모르겠지만, 그렇다고 어떻게 할 방도도 떠오르지 않았지만 가만히 있을 수가 없었다.

비는 여전히 억수같이 내리고, 로비에는 아무도 없었다.

진을 치고 있던 기자들마저 모두 돌아갔는지, 희라와 조철호 팀장이 왔을 때는 깨어 있는 직원만이 그들을 반겼다.

희라가 정문 앞으로 달려갔다.

조철호 팀장이 달려와 그녀를 붙잡았다.

"어디 가시려는 겁니까! 비가 아직 그치지 않았습니다!"

"하지만! 태민 씨가 혼자서!"

"어디로 간 건지도 모르지 않습니까!"

조철호 팀장은 이런 희라의 모습을 처음 보았다.

그녀는 늘 활기차고 당차, 옆에서 보고만 있어도 기운을 주는 타입의 여성이었다.

왜 주변의 나이 지긋한 아저씨들이 그렇게 아이돌에 열광하는지, 조철호 팀장은 경호 업무를 맡은 후에야 정확히 알 수 있었다.

그런 그녀가 이렇게 혼란스러워하는 건 처음이었다.

문득 그녀에게 있던 태민이 어떠한 존재인지, 또 그런 그녀를 위해 스스로 홍콩의 밤으로 사라진 태민이 그녀를 어떻게 생각하는지 깨달았다.

새삼스럽지만, 마음에 와 닿았다.

"걱정하지 마십시오. 그 녀석은 꼭 돌아올 겁니다."

"그, 그럴까요……?"

불안한 눈으로 돌아보는 희라. 조철호 팀장은 묵묵히 고개를 끄덕여 주려고 하다, 그녀의 등 뒤에 시선이 고정됐다.

희라가 그의 시선을 눈치챈 것은 잠시 뒤.

급히 고개를 돌렸을 때, 호텔의 불빛이 닿지 않는 어둠 속에서 누군가가 천천히 걸어오는 것이 보였다.

검은 모자를 쓴 채, 비에 젖은 온몸에 붙은 옷을 입은 채 이곳을 향해 오고 있다가, 그조차 정문 앞의 희라와 조철호 팀장을 발견했다.

그가 둘의 앞으로 왔다.

"왜 나와 계십니까?"

"태, 태민 씨……."

희라가 달려와 그를 올려다보았다.

그 얼굴에 무언가 많은 말이 담겨 있었다. 그러나 차마 말로 흘러나오지 못하고, 눈물이 되어 볼을 타고 아래로 흘러내렸다.

태민이 피식 웃음을 지었다.

뭔가 한참 먼 길을 갔다가 돌아온 기분이었다.

무슨 말을 해야 할까 생각하다, 그는 이렇게만 말하기로 했다.

"다녀왔습니다."

직후,

태민은 그 자리에 쓰러져 내렸다.

자신을 부르는 희라와 조철호 팀장의 목소리를 마지막으로, 그는 눈을 감았다.

제11장
귀환

놀라운 일은 다음 날 일어났다.

노바 엔터테인먼트 전원이 돌아가는 항공편을 수배하여 홍콩을 떠나려던 찰나, 폴라리스 측에서 연락이 왔다.

노바에서 제의하는 모든 조건을 수락하겠으니 계약을 체결하자는 것이었다.

거기에 비공식적으로 그동안의 무례를 사과한다는 언질까지 포함되어 있었다.

"이게 대체 무슨……."

노바의 사장은 어벙벙하면서도 폴라리스를 향했다.

그 길에 희라는 동행하지 않았다.

그녀는 태민과 함께 병원으로 갔다. 가지 않아도 된다는 그를 억지로 끌고 간 것이다.

저녁까지 정밀 검사를 받은 다음, 의사가 전해준 진단 결과는 놀라웠다.

"탈진입니다."

"네?"

"탈진과 다소 피로함이 몸에 누적되어 있군요. 화상도 생각보다 덜하니 흉터가 남을 것 같지 않고, 그냥 푹 쉬시면 괜찮을 겁니다."

어제 급히 진단을 했던 의사조차도 놀라워하는 결과였다.

희라와 함께 병원에서 나오며, 태민은 그것 보라며 우쭐대는 얼굴을 해 보였다.

그 얼굴이 어쩐지 괘씸해서 희라가 팔을 꼬집었지만, 그는 엄살을 부리면서도 웃고 있었다.

*　　*　　*

삼합회에서는 더 이상의 방해는 오지 않았다. 그날 이후로 폴라리스는 전면적으로 협력을 해주었다.

사장 왕챠오엔은 코빼기도 비추지 않았지만, 어차피 그런 일이 더 많아서 아무도 이상하게 여기지 않았다.

태민은 급한 일이 사라져서 희라의 뒤만을 따라다니게 되었다.

일이 술술 풀리자 희라는 그제야 여유가 생겼는지, 모든 스케줄이 끝난 다음에 태민을 데리고 홍콩의 도심을 이리저리 돌아다녔다.

한 번은 태민이 약간의 볼멘소리를 내자 그녀가 말했다.

"걱정시킨 벌이에요. 내가 그날 얼마나 기겁한 줄 알아요? 놀라서 활동도 못할 뻔했다고요!"

억지스런 말에 태민은 그냥 웃음을 지을 수밖에 없었다.

그 모습을 보던 조철호 팀장이 허허허 하고 웃자, 기원이 옆에서 입술을 비죽댔다.

"팀장님, 뭔가 좀 이상합니다."

"뭐가 말이냐?"

"저 두 사람, 분위기가 이상하지 않습니까? 뭔가 마치… 연애하는 것 같은……?"

조철호 팀장이 기원을 슬쩍 쳐다보더니 입꼬리를 말아 웃어 보였다. 기원은 그 미소를 보고 아무 말도 할 수 없게 되었다.

그저 저 멀리 희라를 차에 태우고 떠나는 태민을 보며 중얼

거릴 뿐이었다.

"…망할 자식."

＊　　　＊　　　＊

놀라운 일은 하나가 더 있었다.

폴라리스 측의 이야기에 따르면, 왕챠오엔의 말도 안 되는 요구를 받아들여 준다는 식으로 이야기한 것은 바로 강기수였다.

계약을 체결하면서 이 이야기를 들은 노바 사장은 희라에게는 전하지 않고, 그대로 묻기로 결정했다. 그렇지 않아도 강기수에 대한 감정이 좋지 않은데, 이미 감옥에 들어간 자를 희라가 떠올리게 하고 싶지 않은 것이었다.

"앞으로 잘 부탁드립니다."

"저희야말로, 최선을 다해 페스타를 서포트하겠습니다."

그렇게 두 회사 간의 계약이 체결되었고, 노바 측은 위풍당당하게 한국으로 돌아왔다.

페스타 중국 진출!

사상 최고의 대우 계약!

페스타 세계 진출의 새로운 물고를 트다!

연일 신문에는 그러한 기사들이 떠올랐고, 인터넷에도 페스타의 중국 진출로 떠들썩했다.

이미 진출해 있는 한국 스타들이야 많지만, 그들과 페스타의 중국 진출은 상품성이 달랐다.

일본에서 살짝 시들해 있던 '한류' 의 불꽃을 다시 피운 것이 페스타였는데, 중국에서도 그 똑같은 효과를 누릴 수 있을 것이라 생각한 것이다.

홍콩부터 시작하여 중국 본토까지 진출하는 것에는 전혀 거침이 없었다.

계약이 체결하고 본격적으로 언론이 움직인 2주일 만에 페스타는 홍콩에서의 앨범 발매를 확정짓고, 폴라리스의 전폭적인 협력하에 리얼리티 프로그램까지 제작하기로 결정되었다.

페스타로서는 다시 한 번 도약할 계기가 될 것임은 분명해 보였다.

그 와중에 신기하게도 이름이 오르내리는 한 사람이 있었다.

그것은 당연히 태민이었다.

희라의 경호를 위하여 함께 움직인 그가 홍콩에서 페스타의 뒤를 도왔다는 소문이 돈 것이다.

그것이 누구의 입에서 흘러나온 것인지는 알 수 없지만, 덕분에 홍콩이나 중국의 일간지 등에서 태민에게 인터뷰 요청이 심심찮게 들어왔다.

철현이 알아본 결과, 그들은 모두 삼합회와 연이 닿아 있는 곳이었기에 모두 거절했다.

"대체 홍콩에서 무슨 짓을 한 거야, 형?"

하도 신기해서 철현이 그렇게 물었지만 태민은 어깨만 으쓱댔다.

"뭘 하긴, 경호했지."

"거 참. 뭐, 덕분에 중국 쪽에서도 의뢰가 들어오기 시작했으니 앞으로 더 바빠질 일만 남았네."

"그거 다행이군."

"대부분 형을 지목해서 문제지만 말이야?"

"…적당히 분배 잘해. 나도 몸은 하나밖에 없어."

경호업체 진호는 지금도 그렇게 세계를 향해 도약하고 있는 중이었다.

＊　　＊　　＊

"사장님."

황 비서의 부름에 경호업체 가디언의 사장 우주완이 소파를 돌렸다.

사장실 밖으로 비치던 풍경을 보며 커피를 마시고 있던 그가 약간 날카로운 시선으로 황 비서를 보았다.

"알아왔나?"

"예. 여기."

황 비서가 내민 것은 한 장의 서류였다.

황 비서는 업무적인 것이 아닌, 우주완의 사적인 지시도 따른다. 오래 이곳에서 우주완은 보필해 온 측근으로서.

우주완이 서류를 훑어보고는 고개를 들었다.

"이 말이 정말인가?"

"예. 꽤 시간이 걸리긴 했지만, 사실로 확인되었습니다."

"정태민이… 삼합회 홍콩 지부를 거의 무너뜨릴 뻔했다고?"

우주완의 손이 떨렸다.

무너뜨린다는 것은, 문자 그대로의 말이었다.

이 소문을 들은 것은 우주완이 가지고 있는 홍콩의 정보통으로부터였다.

홍콩에 우레와 함께 비가 내렸던 날, 삼합회 홍콩 지부에 괴한 하나가 침입해 단독으로 홍콩 조직원 전체를 상대했다고 한다.

놀라운 점은 모든 이를 쓰러뜨리고 혼자서 유유히 사라졌다는 것이었다.

그 후, 이상하게 홍콩 언론이 태민에게 접근한다는 이야기를 듣고, 우주완은 정확한 조사를 지시했다. 그 결과가 바로 이것이었다.

"덕분에 현재 진호 쪽으로 의뢰가 쇄도하고 있다고 합니다. 저희 가디언 측으로 오는 의뢰는… 30%가량 줄었습니다."

황 비서의 착잡한 말을 들으며 우주완은 의자에 등을 깊게 묻었다.

솔직하게 말해서, 다소 방심하고 있었다.

정태민이 이렇게까지 단숨에 성장할 줄은 몰랐다.

잠재적인 능력은 있으리라는 것을 알고 있었지만, 이 정도라고는 전혀 예상히 못했다.

'정진호의 아들인가, 역시.'

생각하고 싶지 않지만, 핏줄을 떠올리지 않을 수가 없었다.

일본에서의 일, 소말리아에서의 사건, 그리고 이번 홍콩 사건까지.

하루가 지나가기가 무섭게 정태민과 진호는 성장하고 있었다.

규모 면에서는 아직 가디언과 상대가 되지 않지만, 세계적 인지도를 따지자면 이미 진즉에 가디언을 넘어선 상태였다.

우주완은 눈을 감은 채 한참을 가만히 있었다.

그 앞에서 황 비서는 묵묵히 사장의 지시를 기다렸다.

잠시 후,

"황 비서."

우주완이 눈을 떴다.

"더 미루기는 힘들 것 같군. 분명 얼마 안 있어 우리 계획을 방해할 존재가 될 거야."

"저도 그렇게 생각합니다."

"그 전에 막아야지."

그는 마치 선언하듯 말했다.

"지금부터 철저히 정태민과 진호를 무너뜨린다."

『벼락처럼 산다!』 1부 완결

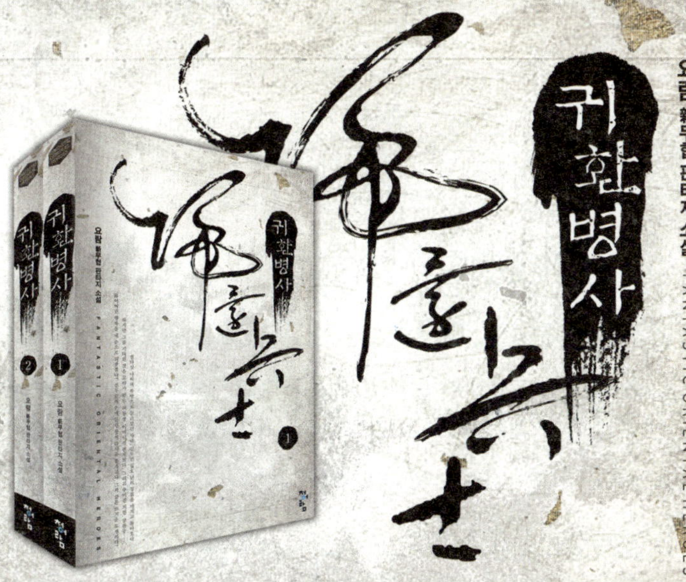
귀환병사